ROGER MARTIN DU GARD

LES THIBAULT

DEUXIÈME PARTIE

LE PÉNITENCIER

TRENTE-NEUVIÈME ÉDITION

1922
ÉDITIONS DE LA
NOUVELLE REVUE FRANÇAISE
3, RUE DE GRENELLE. PARIS

DU MÊME AUTEUR :

DEVENIR. *(N. R. F.)* 1909.

JEAN BAROIS. *(N. R. F.)* 1913.

LE TESTAMENT DU PÈRE LELEU. *FARCE PAYSANNE (N. R. F,)* 1920.

LES THIBAULT. *PREMIÈRE PARTIE :* LE CAHIER GRIS. *(N. R. F.)* 1922.

EN PRÉPARATION :

LES THIBAULT (SUITE).

IL A ÉTÉ TIRÉ DE CET OUVRAGE APRÈS
IMPOSITIONS SPÉCIALES 108 EXEMPLAIRES
IN-QUARTO TELLIÈRE SUR PAPIER VERGÉ
PUR FIL LAFUMA-NAVARRE DONT 8 HORS-
COMMERCE MARQUÉS DE A A H, 100 EXEM-
PLAIRES RÉSERVÉS AUX BIBLIOPHILES DE
LA NOUVELLE REVUE FRANÇAISE NUMÉROTÉS
DE I A C ET 790 EXEMPLAIRES DE L'ÉDITION
ORIGINALE SUR PAPIER VELIN PUR FIL LAFU-
MA-NAVARRE DONT 10 EXEMPLAIRES HORS-
COMMERCE MARQUÉS DE a A j, 750 EXEM-
PLAIRES NUMÉROTÉS DE 1 A 750 ET
30 EXEMPLAIRES D'AUTEUR HORS-COMMERCE
NUMÉROTÉS DE 751 A 780.

LES THIBAULT

DEUXIÈME PARTIE

I

Depuis ce jour de l'année dernière où Antoine avait ramené les deux écoliers fugitifs, il n'était jamais retourné chez Mme de Fontanin ; mais la femme de chambre le reconnut, et, bien qu'il fût neuf heures du soir, l'introduisit sans façons.

Mme de Fontanin se tenait dans sa chambre, et ses deux enfants auprès d'elle. Assise devant la cheminée, le buste droit, sous la lampe, elle lisait un livre à haute voix ; Jenny, tapie au fond d'une bergère, tortillait sa natte, et, les yeux fixés sur le feu, écoutait ; Daniel, à l'écart, les jambes croisées, un carton sur le genou, achevait un croquis de sa mère, au fusain. Sur le seuil, Antoine, une seconde arrêté dans l'ombre, sentit combien sa venue était intempestive ; mais il n'était plus temps de reculer.

L'accueil de Mme de Fontanin fut un peu froid ; elle semblait surtout étonnée. Laissant là les enfants, elle conduisit Antoine dans le salon ; et dès qu'elle eût compris ce qui l'amenait, elle se leva pour chercher son fils.

Daniel paraissait maintenant avoir dix-sept ans, bien qu'il en eût quinze : une ombre de moustache accusait la ligne de la bouche. Antoine, intimidé, regardait le jeune homme bien en face, de son air un peu provoquant, qui semblait dire : « Moi, vous savez, je vais au but sans détours. » Et, comme autrefois, un secret instinct lui faisait exagérer un peu cette allure de franchise, dès qu'il se trouvait en présence de Mme de Fontanin.

— « Voici », fit-il. « C'est pour vous que je viens. Notre rencontre, hier, m'a fait réfléchir. » Daniel parut surpris. « Oui », reprit Antoine, « nous avons à peine échangé quelques mots, vous étiez pressé, moi aussi ; mais il m'a semblé... Je ne sais comment dire... Et puis, vous ne m'avez demandé aucune nouvelle de Jacques : j'en ai conclu qu'il vous écrivait. N'est-ce pas ? Je soupçonne même qu'il vous écrit des choses, des choses que, moi, je ne sais pas et que j'ai besoin de savoir. Non, attendez, écoutez-moi. Jacques a quitté Paris depuis juin dernier ; nous allons être en avril ; cela

fait bientôt neuf mois qu'il est là-bas. Je
ne l'ai pas revu, il ne m'a pas écrit ; mais
mon père le voit souvent : il me dit que
Jacques se porte bien, travaille ; que l'éloignement, la discipline, ont déjà produit
d'excellents effets. Se trompe-t-il ? Le trom-
pe-t-on ? Depuis notre rencontre d'hier, je
suis inquiet tout-à-coup. L'idée m'est venue
qu'il est peut-être malheureux, là où il est,
et que, n'en sachant rien, je ne puis lui venir
en aide ; cette idée m'est intolérable. Alors
j'ai pensé à venir vous trouver, franchement.
Je fais appel à votre affection pour lui. Il
ne s'agit pas de trahir des confidences. Mais,
à vous, il doit écrire ce qui se passe là-bas.
Vous êtes le seul qui puissiez me rassurer,
— ou me faire intervenir. »

Daniel écoutait, impassible. Son premier
mouvement avait été de se refuser à cet
entretien. Il tenait la tête levée et fixait
sur Antoine son regard que le trouble durcis-
sait. Puis, embarrassé, il se tourna vers
sa mère. Elle le considérait, curieuse de
ce qu'il allait faire. L'attente se prolongeait.
Elle sourit enfin :

— « Dis la vérité, mon grand », fit-elle,
avec un geste aventureux de la main. « On

13

ne se repend jamais de ne pas mentir. »

Alors Daniel, avec le même geste, avait pris le parti de parler. Oui, il avait reçu de temps à autre des lettres de Thibault ; lettres de plus en plus courtes, de moins en moins explicatives. Daniel savait bien que son camarade était pensionnaire chez un brave professeur de province, mais où ? Ses enveloppes étaient timbrées d'un wagon postal, sur le réseau du Nord. Une sorte de four-à-bachot, peut-être ?

Antoine s'efforçait de ne pas laisser paraître sa stupéfaction. Avec quel souci Jacques dissimulait la vérité à son plus intime ami ! Pourquoi ? Par honte ? La même, sans doute, qui poussait M. Thibault à maquiller aux yeux du monde la colonie pénitentiaire de Crouy, où il avait incarcéré son fils, en une « institution religieuse au bord de l'Oise » ? Le soupçon que peut-être ces lettres étaient dictées à son frère, traversa soudain l'esprit d'Antoine. On le terrorisait peut-être, ce petit ? Il se souvint d'une campagne entreprise par un journal révolutionnaire de Beauvais, et des terribles accusations portées contre l'*Œuvre de Préservation sociale* : mensonges dont M. Thi-

14

bault avait fait justice, au cours d'un procès
en diffamation qu'il avait gagné sur toute la
ligne ; mais enfin ?

Antoine ne s'en rapportait vraiment qu'à
lui-même :

— « Vous ne voulez pas me montrer une
de ces lettres ? » demanda-t-il. Et voyant
Daniel rougir, il s'excusa par un sourire
tardif : « Une seule, pour voir ? N'importe
laquelle... »

Sans répondre, sans consulter sa mère
des yeux, Daniel se leva et sortit de la
pièce.

Resté seul avec Mme de Fontanin, Antoine
retrouva des impressions qu'il avait éprou-
vées jadis : dépaysement, curiosité, atti-
rance. Elle regardait devant elle et semblait ne penser à rien. Mais on eût dit
que sa présence suffisait à activer la vie
intérieure d'Antoine, sa perspicacité. Autour
de cette femme l'air possédait une conduc-
tibilité particulière. En ce moment, sans
pouvoir s'y méprendre, Antoine y sentait
flotter une désapprobation. Il ne se trompait
guère. Sans blâmer précisément Antoine,
ni M. Thibault, puisqu'elle ignorait le sort
de Jacques, mais se souvenant de son unique

visite rue de l'Université, elle avait l'impression que, souvent, ce qui se faisait là, n'était
pas bien. Antoine la devinait, l'approuvait
presque. Certes, si quelqu'un se fût permis
de critiquer la conduite de son père, il se
fût récrié ; mais, à cet instant et dans le
fond de lui-même, il était, avec Mme de
Fontanin, contre M. Thibault. L'an dernier
déjà, — et il ne l'avait pas oublié, — lorsqu'il
avait pour la première fois traversé cette
atmosphère où baignaient les Fontanin,
l'air familial, au retour, lui avait été plusieurs jours irrespirable.

Daniel revint. Il tendit à Antoine une
enveloppe d'aspect misérable.

— « C'est la première. C'est la plus longue », dit-il ; et il fût s'asseoir.

« Mon cher Fontanin,

« Je t'écris de ma nouvelle maison. Toi,
ne cherche pas à m'écrire, c'est absolument
défendu ici. A part cela, tout est très bien.
Mon professeur est bien, il est gentil pour moi
et je travaille beaucoup. J'ai un tas de camarades très gentils aussi. D'ailleurs mon père
et mon frère viennent me voir le dimanche.
Tu vois donc que je suis très bien. Je t'en

16

prie, mon cher Daniel, au nom de notre amitié, ne juge pas sévèrement mon père, tu ne peux pas tout comprendre. Moi, je sais qu'il est très bon, et il a bien fait de m'éloigner de Paris où je perdais mon temps au lycée, j'en conviens moi-même maintenant, et je suis content. Je ne te donne pas mon adresse, pour être sûr que tu ne m'écriras pas, car ici ce serait terrible pour moi.

« Je t'écrirai encore quand je pourrai, mon cher Daniel.

« Jacques. »

Antoine relut deux fois ce billet. S'il n'eût reconnu à certains signes l'écriture de son frère, il eût douté que la lettre fût de Jacques. L'adresse de l'enveloppe était d'une autre main : une écriture de paysan, lâche, hésitante, malpropre. Forme et fond le déconcertaient également. Pourquoi ces mensonges ? *Mes camarades !* Jacques vivait en cellule, dans ce fameux « pavillon spécial » que M. Thibault avait créé au pénitencier de Crouy pour les enfants de bonne famille, et qui était toujours vide ; il ne parlait à aucun être vivant, si ce n'est au domestique chargé de lui porter ses repas ou de le con-

duire en promenade, et au professeur, qui
venait de Compiègne lui donner deux ou
trois leçons par semaine. *Mon père et mon
frère viennent me voir !* M. Thibault se rendait
officiellement à Crouy le premier lundi de
chaque mois pour y présider le Conseil de
Direction, et, ce jour-là en effet, avant de
repartir, il faisait comparaître quelques instants son fils au parloir. Quant à Antoine,
il avait bien manifesté le désir d'aller faire
visite à son frère à l'époque des grandes
vacances, mais M. Thibault s'y était opposé :
« Dans le régime de ton frère », disait-il,
« l'important, c'est la régularité de l'isolement. »

Les coudes sur les genoux, il tournait le
papier entre ses doigts. Il avait pour longtemps perdu le repos. Il se sentit tout à coup
si désemparé, si seul, qu'il fut sur le point
de tout confier à cette femme éclairée qu'un
bon hasard mettait sur sa route. Il leva les
yeux vers elle : les mains sur sa jupe, la
figure pensive, elle semblait attendre. Son
regard était pénétrant :

— « Si nous pouvions vous aider à quelque
chose ? » murmura-t-elle en souriant à demi.
La blancheur de ses cheveux légers faisait

18

plus jeunes encore ce sourire et tout son visage.

Cependant, au moment de s'abandonner, il hésita. Daniel le contemplait de son air juste. Antoine craignit de paraître irrésolu, et plus encore de donner à Mme de Fontanin une fausse image de l'homme énergique qu'il était. Mais il se donna une meilleure raison : ne pas divulguer le secret que Jacques prenait tant de soin à cacher. Et, sans tergiverser davantage, se méfiant de lui-même, il se leva pour partir, la main tendue, avec ce masque fatal qu'il prenait volontiers et qui semblait dire à tous : « Ne m'interrogez pas. Vous me devinez. Nous nous comprenons. Adieu. »

Dehors, il se mit à marcher devant lui. Il se répétait : « Du sang-froid. De la décision. » Cinq ou six années d'études scientifiques l'obligeaient à raisonner avec une apparence de logique : « Jacques ne se plaint pas, donc Jacques n'est pas malheureux. » Et il pensait exactement le contraire. Il se rappelait avec obsession cette campagne de presse menée jadis contre le pénitencier ; il se rappelait surtout un article intitulé

Bagnes d'enfants, où l'on décrivait par le
menu la misère matérielle et morale des
pupilles, mal nourris, mal logés, soumis
aux punitions corporelles, abandonnés souvent à la brutalité des gardiens. Un geste
de menace lui échappa : coûte que coûte,
il tirerait le pauvre enfant de là ! Un beau
rôle à jouer ! Mais comment ? Prévenir son
père, discuter, il n'en était pas question :
en fait, c'était contre son père, contre
l'Œuvre fondée, administrée par lui, qu'Antoine s'insurgeait. Ce mouvement de révolte
filiale était si nouveau pour lui qu'il en éprouva
d'abord quelque gêne, puis de l'orgueil.

Il se souvint de ce qui s'était passé, l'an
dernier, le lendemain du retour de Jacques.
Dès la première heure, M. Thibault avait
fait appeler Antoine dans son cabinet. L'abbé
Vécard venait d'arriver. M. Thibault criait :
« Ce vaurien ! Broyer sa volonté ! » Il ouvrait
devant lui sa grosse main velue et la refermait lentement, en faisant craquer les jointures. Puis il avait dit, avec un sourire
satisfait : « Je crois tenir la solution. » Et
après une pause, soulevant enfin les paupières, il avait lancé : « Crouy. » — « Jacques
au pénitencier ? » s'était écrié Antoine. La

discussion avait été vive. — « Il s'agit de broyer sa volonté », répétait M. Thibault, en faisant craquer ses phalanges. L'abbé hésitait. Alors M. Thibault avait exposé le régime particulier auquel serait soumis Jacques, et qui semblait, à l'entendre, bienfaisant et paternel. Puis il avait conclu, d'une voix pleine, en marquant les virgules : — « Ainsi, mis à l'abri des tentations pernicieuses, purgé de ses mauvais instincts par la solitude, ayant pris goût au travail, il atteindra sa seizième année, et je veux espérer qu'alors il pourra sans danger reprendre auprès de nous la vie familale. » L'abbé acquiesçait : — « L'isolement produit des cures merveilleuses », insinuait-il. Antoine, ébranlé par l'argumentation de M. Thibault, par l'approbation du prêtre, avait fini par penser qu'ils avaient raison. Ce consentement, il ne le pardonnait aujourd'hui ni à lui-même, ni à son père.

Il marchait vite, sans regarder son chemin. Devant le Lion de Belfort, il fit volte-face et repartit à grands pas, allumant cigarette sur cigarette et jetant sa fumée au vent du soir. Il fallait frapper un coup droit : filer à Crouy, apparaître en justicier...

Une femme l'accosta, lui glissa quelques mots d'une voix câline. Il ne répondit rien et continua à descendre le boulevard Saint-Michel. « En justicier ! » répétait-il. « Démasquer la fourberie des directeurs, la cruauté des garde-chiourme, faire un esclandre, ramener le petit ! »

Mais son élan était coupé. Son esprit suivait une double piste : en marge du grand projet, un caprice avait surgi. Il traversa la Seine : il savait bien où sa distraction le menait. Et pourquoi non ? N'était-il pas trop énervé pour rentrer dormir ? Il aspira l'air, tendit le buste, sourit. « Etre fort, être un homme », pensa-t-il. Tandis qu'il s'engageait allègrement dans la ruelle obscure, un souffle généreux le souleva de nouveau : sa résolution lui apparut, en raccourci, lumineuse, déjà triomphante ; sur le point d'exécuter l'un des deux desseins qui depuis un quart d'heure se disputaient son attention, l'autre, du coup, lui semblait presque réalisé ; et ce fut en poussant d'un geste familier la porte à vitraux, qu'il précisa :

— « Demain, samedi, impossible de lâcher l'hôpital. Mais dimanche. Dimanche matin je serai au pénitencier ! »

22

II

Le rapide du matin ne s'arrêtant pas à
Crouy, Antoine avait dû descendre à Ve-
nette, la dernière station avant Compiègne.
Il sauta du train avec une animation extrême. Durant le trajet, malgré l'examen
qu'il avait à passer la semaine suivante, il
n'avait pu fixer son esprit sur les livres de
médecine qu'il avait emportés. L'heure déci-
sive approchait. Depuis deux jours son imagination lui représentait avec tant de précision l'accomplissement de cette croisade,
qu'il pensait déjà avoir mis fin à l'incarcération de Jacques, et ne songeait plus qu'à
reconquérir son affection.

Il y avait deux kilomètres à parcourir sur
une belle route plane, égayée de soleil. Pour
la première fois de l'année, après des semaines pluvieuses, le printemps semblait
s'offrir enfin, dans le frais parfum de cette
matinée de mars. Antoine regardait avec
ravissement de chaque côté du chemin les

champs hersés, déjà verdissants, et, sous le ciel clair de l'horizon où s'étiraient de légères vapeurs, les côteaux de l'Oise étincelants de lumière. Il eût un instant la faiblesse de souhaiter s'être trompé ; tant de calme l'environnait, tant de pureté ! Était-ce là le cadre d'un bagne d'enfants ?

Il fallait traverser le village de Crouy en son entier avant d'arriver à la colonie pénitentiaire. Et tout-à-coup, au tournant des dernières maisons, il reçut un choc : sans l'avoir jamais vu, il reconnaissait de loin, isolé comme un cimetière neuf dans sa ceinture de murs crépis, au milieu d'une plaine crayeuse dénuée de toute végétation, le grand bâtiment couvert de tuiles, et ses rangées de fenêtres à barreaux, et son cadran qui luisait au soleil. On eût dit une prison, si l'inscription philanthropique gravée dans la pierre au-dessus du premier étage, ne se fut pas détachée en lettres d'or :

FONDATION OSCAR THIBAULT

Il s'engagea dans l'allée sans arbres qui menait au pénitencier. Les petites fenêtres regardaient de loin venir le visiteur. Il s'approcha du portail et tira la cloche qui tinta

dans le silence dominical. Le battant s'ouvrit. Un molosse fauve, enchaîné à sa niche,
aboya avec fureur. Antoine pénétra dans la
cour : un jardinet plutôt, une pelouse en-
tourée de graviers, et qui s'arrondissait devant
le casernement principal. Il se sentait observé
et n'apercevait aucun être vivant, si ce n'est
le chien, qui, tirant sur sa chaîne, ne cessait
de donner de la voix. A gauche de l'entrée
s'élevait une petite chapelle surmontée d'une
croix de pierre ; à droite, une construction
basse, sur laquelle il lut : *Administration.* C'est vers ce pavillon qu'il se dirigea.
La porte fermée s'ouvrit au moment où il
atteignait le perron. Le chien aboyait toujours. Il entra. Un vestibule carrelé, peint
en ocre et garni de chaises neuves, comme
un parloir de couvent. La pièce était surchauffée. Un buste en plâtre de M. Thibault,
grandeur naturelle, mais qui sur ce mur bas
prenait des proportions colossales, décorait
le panneau de droite ; un humble crucifix
de bois noir, orné de buis, essayait de lui
faire pendant sur le mur opposé. Antoine
restait debout, dans une pause défensive.
Ah non, il ne s'était pas trompé ! Tout puait
la prison !

Enfin, dans le mur du fond, un guichet s'ouvrit : un surveillant passa la tête. Antoine lui jeta sa carte avec celle de son père, et demanda, d'un ton sec, à parler au Directeur.

Près de cinq minutes s'écoulèrent.

Antoine, exaspéré, s'apprêtait à pénétrer de lui-même dans la maison, lorsqu'un pas léger glissa dans le couloir : un jeune homme à lunettes, vêtu de flanelle havane, tout blond, tout rond, accourait vers lui, sautillant sur ses babouches, avec un visage radieux et les deux mains tendues :

— « Bonjour, docteur ! La bonne surprise ! C'est votre frère qui va être ravi ! Je vous connais bien, M. le Fondateur parle souvent de son grand fils médecin ! D'ailleurs il y a un air de famille... Si fait », fit-il en riant, « je vous assure ! Mais entrez dans mon bureau, je vous en prie. Et excusez-moi. Je suis M. Faîsme, le directeur. »

Il poussait Antoine vers le cabinet directorial, traînant les pieds et le suivant de près, les bras levés, les mains ouvertes, comme s'il eût craint qu'Antoine ne fît un faux pas et qu'il eût voulu pouvoir le rattraper au vol.

Il obligea Antoine à s'asseoir et prit place à son bureau.

— « M. le Fondateur est en bonne santé ? » questionna-t-il de sa voix flûtée. « Il ne vieillit pas, il est extraordinaire ! Quel dommage qu'il n'ait pas pu vous accompagner ! »

Antoine inspectait les lieux d'un regard méfiant, et considérait sans complaisance cette figure de chinois blond et ces lunettes d'or derrière lesquelles deux petits yeux bridés papillotaient sans cesse avec une expression joyeuse. Mal préparé à cet accueil volubile, et fort dérouté de trouver sous l'aspect souriant d'un jeune homme en pyjama, ce directeur de bagne, qu'il imaginait sous les traits rébarbatifs d'un gendarme en civil, tout au plus d'un principal de collège, il eût besoin de faire un effort pour reprendre son aplomb.

— « Sapristi ! » s'écria soudain M. Faîsme, « mais c'est que vous arrivez juste pendant la grand'messe ! Tous nos enfants sont à la chapelle ; votre frère aussi. Comment faire ? » Il consulta sa montre. « Vingt minutes encore, une demi-heure peut-être, si les communions sont nombreuses. Et c'est possible. M. le Fondateur a dû vous le dire:

nous possédons la crème des aumôniers, un prêtre jeune, allant, d'une adresse incomparable ! Depuis qu'il est ici, les sentiments religieux de la Fondation sont transformés. Mais quel dommage, comment faire ? »

Antoine se leva sans aménité. Le but de son enquête restait bien présent à son esprit.

— « Puisque vos locaux sont pour l'instant inoccupés », dit-il en regardant le petit homme, « serait-il indiscret de visiter la colonie ? Je serais curieux de voir les choses de près ; j'en entends si souvent parler depuis mon enfance... »

— « Vraiment ? » fit l'autre surpris. « Rien n'est plus facile », reprit-il, mais il ne bougea pas de son siège. Il souriait, et, sans cesser de sourire, parut rêver un instant. « Oh, vous savez, la bâtisse n'a rien d'intéressant. C'est ni plus ni moins une petite caserne : et cela dit, vous la connaissez aussi bien que moi. »

Antoine restait debout.

— « Non, cela m'intéresserait », déclarat-il. Et comme le Directeur l'examinait de ses petits yeux plissés, avec une expression amusée et incrédule : « Je vous assure », insista-t-il.

28

DEUXIÈME PARTIE. II

— « Eh bien, docteur, très volontiers. Le temps de passer un veston, des bottines, et je suis à vous »

Il disparut. Antoine entendit un coup de sonnette. Puis une cloche, dans la cour, tinta cinq fois. « Ah, ah », pensa-t-il, « on donne l'alarme, l'ennemi est dans la maison ! » Il ne pouvait rester assis. Il s'approcha de la croisée, mais les vitres étaient dépolies. « Du calme », se disait-il. « Ouvrir l'œil. Se faire une certitude. Agir. C'est mon affaire ».

M. Faîsme reparut enfin.

Ils descendirent.

— « Notre cour d'honneur ! » présenta pompeusement le directeur ; et il rit avec indulgence. Puis il courut au molosse qui recommençait à aboyer, et lui décocha dans le flanc un coup de pied brutal, qui fit rentrer l'animal dans sa niche.

— « Etes-vous un peu horticulteur ? Mais si, un médecin ça se connaît en plantes, sapristi ! » Il s'arrêtait avec complaisance au milieu du jardinet. « Conseillez-moi. Comment cacher ce pan de mur ? Du lierre ? Il faudra des années... »

Antoine, sans répondre, l'entraîna vers le bâtiment central. Ils parcoururent le rez-

29

de-chaussée. Antoine marchait devant, l'œil
tendu, ouvrant d'autorité la moindre porte
close ; rien ne lui échappait. Les murs étaient
blanchis dans leur partie haute et badi-
geonnés de goudron noir jusqu'à deux mètres
du sol. Toutes les fenêtres étaient, comme
celle du directeur, en carreaux dépolis, et
renforcées de barreaux. Antoine voulut tirer
l'une d'elles ; mais il fallait une clef spéciale ; le directeur sortit l'outil de son
gousset et fit jouer la croisée ; Antoine
remarqua l'adresse de ses petites mains
jaunes et potelées. Il plongea son regard
de policier dans la cour intérieure : elle était
déserte : une grande esplanade rectangulaire,
en boue piétinée et séchée, sans un arbre
et enclose entre de hautes murailles hérissées
de tessons.

M. Faîsme, avec entrain, détaillait la des-
tination des locaux : salles d'étude, ateliers
de menuiserie, de serrurerie, d'électricité,
etc... Les pièces étaient petites, proprement
tenues. Dans les réfectoires, des garçons de
service achevaient d'essuyer les tables de
bois blanc ; une odeur aigre montait des
éviers placés dans les angles.

— « Chaque pupille vient là, à la fin du

repas, laver sa gamelle, son gobelet et sa
cuillère. Jamais de couteaux, bien entendu,
ni même de fourchettes... » Antoine le
regardait sans comprendre. Il ajouta, en
clignant des yeux : « Rien de pointu... »

Au premier étage, se succédaient d'autres
salles d'étude, d'autres ateliers, et une ins-
tallation de douches, qui ne devait pas servir
souvent mais dont le directeur semblait par-
ticulièrement fier. Il allait et venait gaîment
d'une pièce dans l'autre, les bras écartés,
les mains en avant, et, tout en parlant, d'un
geste machinal, il repoussait un établi contre
le mur, ramassait un clou à terre, fermait à
bloc un robinet, rangeait tout ce qui n'était
pas à sa place.

Au second, s'ouvraient les dortoirs. Ils
étaient de deux sortes. La plupart conte-
naient une dizaine de couchettes alignées
sous des couvertures grises, et ils eussent,
avec leurs planches à paquetages, ressemblé
à de petites chambrées militaires, sans une
sorte de cage de fer, munie d'un fin grillage,
et qui en occupait le centre.

— « Vous en enfermez là-dedans ? » questionna Antoine.

M. Faîsme leva les bras d'une manière

terrifiée et comique, puis se mit à rire.

— « Mais non ! C'est là que couche le surveillant. Vous voyez : il place son lit bien au milieu, à égale distance des parois ; il voit tout, entend tout, et ne risque rien. D'ailleurs il a sa sonnerie d'alerte, dont les fils passent sous le plancher. »

D'autres dortoirs se composaient de logettes juxtaposées, en maçonnerie, fermées de grilles comme les stalles d'une ménagerie. M. Faîsme s'était arrêté sur le seuil. Son sourire prenait parfois une expression désabusée, pensive, qui prêtait un instant à sa figure poupine la mélancolie de certains bouddhas.

— « Ah, docteur », expliqua-t-il, « ici, ce sont nos *terribles* ! Ceux qui sont arrivés chez nous trop tard pour être sérieusement amendés : ce n'est pas la crème... Il y en a d'un peu vicieux, pas vrai ? On est bien obligé de les tenir isolés la nuit. »

Antoine approcha le visage d'une des grilles. Il distingua dans l'ombre un grabat défait, des murs chargés de dessins obscènes et d'inscriptions. Il fit un mouvement de recul.

— « Ne regardez pas, c'est trop triste », soupira le directeur en l'entraînant. « Vous

voyez, voici l'allée centrale où le surveillant
va et vient toute la nuit. Ici, le surveillant
ne se couche pas, et l'on n'éteint pas l'électricité. Malgré qu'ils soient bien verrouillés,
ces petits polissons-là seraient capables d'un
mauvais coup... Parfaitement ! » Il secouait
la tête, et brusquement se mit à rire en bri-
dant les yeux : toute expression chagrine
avait disparu. « On en voit de toutes sortes ! »
conclut-il avec naïveté, en haussant les
épaules.

Antoine était trop intéressé par ce qu'il
voyait, pour songer à toutes les questions
qu'il avait préparées. Il dit cependant :

— « Comment les punissez-vous ? Je dési-
rerais aussi voir vos cachots. »

M. Faîsme recula d'un pas, ouvrit les
yeux tout ronds, et battit légèrement des
mains :

— « Sapristi, les cachots ! Mais, docteur,
vous vous croyez à la Roquette ! Non, non,
pas de cachots ici, grâce à Dieu? Nos statuts
nous l'interdisent, et vous pensez bien que
M. le Fondateur n'y consentirait jamais ! »

Antoine, interloqué, subissait l'ironie des
petits yeux plissés dont les cils battaient
derrière les lunettes. Il commençait à être

fort embarrassé du personnage soupçonneux qu'il était venu jouer. Rien de ce qu'il voyait ne l'incitait à soutenir ce rôle. Il se demanda même, avec un peu de confusion, si le Directeur n'avait pas déjà démasqué la méfiance qui l'avait attiré à Crouy ; mais il était difficile de le savoir, tant la candeur de M. Faîsme semblait réelle, malgré les éclairs de malice qui fusaient par instants aux coins de ses paupières.

Le directeur cessa de rire, s'approcha d'Antoine et lui mit la main sur le bras :

— « Vous vouliez plaisanter, pas vrai ? Vous savez aussi bien que moi le résultat des sévérités excessives : la révolte, ou, ce qui est pire encore, l'hypocrisie... M. le Fondateur a prononcé sur ce sujet de bien belles paroles au Congrès de Paris, l'année de l'Exposition... »

Il avait baissé la voix et regardait le jeune homme avec une sympathie particulière, comme si Antoine et lui avaient constitué une élite, seule capable de discuter ces problèmes de pédagogie sans tomber dans les erreurs du commun. Antoine se sentit flatté, et son impression favorable s'accentua.

— « Nous avons bien, dans la cour,

comme dans les casernes, un petit bâtiment que l'architecte avait baptisé sur le plan *Locaux disciplinaires...* »

— « ? »

— « ...mais nous n'y mettons que notre provision de charbon, et nos pommes de terre. A quoi bon des cachots ? » reprit-il. « On obtient tellement davantage par la persuasion ! »

— « Vraiment ? » fit Antoine.

Le directeur eut un fin sourire, et mit de nouveau la main sur l'avant-bras d'Antoine :

— « Entendons-nous », avoua-t-il. « Ce que j'appelle la persuasion, j'aime mieux vous en prévenir tout de suite, c'est la privation de certains aliments. Nos petits sont tous gourmands. C'est de leur âge, pas vrai ? Le pain sec, docteur, a des vertus persuasives absolument insoupçonnées... Mais il faut savoir l'employer : il est essentiel de ne pas isoler l'enfant que l'on veut convaincre. Vous voyez comme nous sommes loin de l'isolement du cachot ! Non ! C'est dans un coin du réfectoire qu'il faut lui faire manger sa croûte de pain rassis, à l'heure du meilleur repas, celui de midi, avec l'odeur du bon ragoût qui fume, avec la vue des autres qui se régalent. Voilà, ça c'est irrésistible ! Pas vrai ? On maigrit si vite à cet âge-là ! Quinze jours, trois semaines, jamais plus : je suis toujours venu à bout des plus récalcitrants. La persuasion ! » conclut-il en arrondissant les yeux. « Et jamais je n'ai eu à sévir autrement ; jamais je n'ai seulement levé la main sur un de ces petits qui me sont confiés ! »

Son visage rayonnait de fierté, de tendresse. Il avait vraiment l'air de les aimer, ces garnements, même ceux qui lui donnaient du fil à retordre.

Ils redescendirent les étages. M. Faîsme tira sa montre.

— « Laissez-moi, pour terminer, vous offrir un spectacle bien édifiant. Vous raconterez cela à M. le Fondateur, je suis sûr qu'il sera content. »

Ils traversèrent le jardin et pénétrèrent dans la chapelle. M. Faîsme offrit l'eau bénite. Antoine vit de dos une soixantaine de gamins en bourgerons écrus, alignés au cordeau, agenouillés sur le pavé, immobiles ; quatre surveillants moustachus, en drap bleu liseré de rouge, allaient et venaient, sans

quitter les enfants de l'œil. Le prêtre, à
l'autel, servi par deux pupilles, terminait
son office.

— « Où est Jacques ? » souffla Antoine.

Le directeur indiqua la tribune sous laquelle ils étaient, et, sur la pointe des pieds,
regagna la porte.

— « Votre frère a toujours sa place en
haut », dit M. Faîsme dès qu'ils furent
dehors. « Il y est seul, c'est-à-dire avec le
garçon attaché à son service. A ce propos,
vous pourrez annoncer à M. votre père que
nous avons mis auprès de Jacques le nouveau domestique dont nous lui avions parlé.
Voici une huitaine de jours déjà. L'autre,
le père Léon, était un peu âgé et sera mieux
placé à la surveillance d'un atelier. Le nouveau est un jeune lorrain ; ah, c'est la crème
des braves gens : il sort du régiment : ordonnance du colonel ; nous avons eu sur lui
des renseignements parfaits. Ce sera moins
ennuyeux pour votre frère pendant les
promenades, pas vrai ? Mais, sapristi, je
bavarde, et les voilà qui sortent. »

Le chien se mit à aboyer furieusement.
M. Faîsme le fit taire, assujettit ses lunettes,
et se planta au centre de la cour d'honneur.

La porte de la chapelle s'était ouverte à deux battants, et les enfants, par trois, flanqués des surveillants, défilèrent au pas cadencé, comme pour une parade militaire. Ils étaient nu-tête et chaussés d'espadrilles qui donnaient à leur marche le pas feutré des sociétés de gymnastique ; les bourgerons étaient propres et serrés à la taille par un ceinturon de cuir dont la plaque brillait au soleil. Les plus âgés accusaient dix-sept ou dix-huit ans ; les plus jeunes dix ou onze. La plupart avaient le teint pâle, les yeux baissés, une physionomie calme, sans jeunesse. Mais Antoine, qui les examinait de toute son attention, ne surprit pas un coup d'œil équivoque, pas un mauvais sourire, pas même une expression sournoise : ces enfants-là n'avaient pas l'air d'être des *terribles* ; Antoine dut s'avouer à lui-même qu'ils ne semblaient pas davantage être des martyrs.

Lorsque la petite colonne eût disparu dans le casernement, dont l'escalier de bois résonna longtemps avec un rythme sourd, il se tourna vers M. Faîsme qui semblait l'interroger :

— « Tenue excellente », constata-t-il.

DEUXIÈME PARTIE II

Le petit homme ne répondit pas ; mais il roulait doucement l'une dans l'autre ses mains grassouillettes, comme s'il les eût savonnées, et, derrière ses lunettes, ses yeux, brillant d'orgueil, disaient merci.

Alors seulement, la cour étant déserte, sur les marches ensoleillées de la chapelle, Jacques parut.

Était-ce lui ? Il avait tellement changé, tellement grandi, qu'Antoine le regardait, presque sans le reconnaître. Il ne portait pas l'uniforme, mais un complet de drap, un chapeau de feutre, un manteau jeté sur les épaules ; et il était suivi par un garçon d'une vingtaine d'années, trapu, blond, qui n'avait pas la livrée des surveillants. Ils descendirent le perron. Ni l'un ni l'autre ne paraissait avoir aperçu le groupe formé par Antoine et le directeur. Jacques marchait tranquillement, les yeux à terre, et ce fut seulement à quelques mètres de M. Faîsme, que, levant la tête, il s'arrêta, prit un air étonné, et se découvrit aussitôt. Son geste était parfaitement naturel ; cependant Antoine eut le soupçon que cet étonnement était joué. D'ailleurs le visage de Jacques restait calme, et, bien qu'il fût souriant, ne témoignait aucune joie véritable. Antoine s'avança la main tendue ; lui aussi feignait sa joie.

— « Voilà une heureuse surprise, Jacques, n'est-ce pas ? » s'écria le directeur. « Mais je vais vous gronder : il faut mettre votre pardessus et le boutonner, quand vous êtes à la chapelle ; la tribune est froide, vous attraperiez du mal ! »

Jacques s'était détourné de son frère dès qu'il avait entendu M. Faîsme s'adresser à lui, et il regardait le directeur au visage, avec une expression respectueuse mais surtout attentive, comme s'il eût cherché à comprendre tout le sens que ses paroles pouvaient recéler. Puis, immédiatement, sans répondre, il enfila son paletot.

— « Tu es rudement grandi, tu sais... » balbutia Antoine. Il examinait son frère avec stupéfaction, s'efforçant d'analyser ce changement complet d'aspect, d'allure, de physionomie, qui paralysait son élan.

— « Voulez-vous rester un peu dehors, il fait si doux ? » proposa le directeur. « Jacques vous mènera chez lui quand vous aurez fait ensemble quelques tours de jardin ? »

Antoine hésitait. Il interrogea son frère dans les yeux :

— « Veux-tu ? »

Jacques n'eut pas l'air d'entendre. Antoine supposa qu'il ne se souciait guère de rester là, sous les fenêtres du pénitencier.

— « Non », fit-il ; « nous serons mieux dans ta... chambre, n'est-ce pas ? »

— « A votre guise », s'écria le directeur. « Mais auparavant, je veux encore vous montrer quelque chose : il faut que vous ayez vu tous nos pensionnaires. Venez avec nous, Jacques. »

Jacques suivit M. Faîsme, qui, les bras écartés, riant comme un écolier farceur, poussait Antoine vers un appentis accoté au mur de l'entrée. Il s'agissait d'une douzaine de clapiers. M. Faîsme adorait l'élevage.

— « Cette portée-là est née lundi », expliquait-il avec ravissement, « et déjà, voyez, ils ouvrent les yeux, ces amours ! Par ici, ce sont mes mâles. Tenez, celui-là, docteur », fit-il, plongeant son bras dans une cage et soulevant par les oreilles un gros argenté de Champagne qui se détendait à brusques coups de reins, « celui-là, voyez-vous, c'est un terrible ! »

41

Il n'y mettait pas malice et riait de son
rire candide. Antoine songea au dortoir de
là-haut, avec ses clapiers barrés de fer.

M. Faîsme se retourna ; il eut un sourire
d'incompris :

— « Sapristi, je bavarde, et je vois bien
que vous m'écoutez par pure politesse, pas
vrai ? Je vous conduis jusque chez Jacques,
et je vous laisse. Passez, Jacques, montrez-
nous le chemin. »

Jacques partit en avant. Antoine le rejoignit et mit une main sur son épaule. Il faisait
un effort pour se représenter le petit être
malingre, nerveux, bas sur pattes, qu'il avait
été cueillir à Marseille l'an dernier.

— « Tu es aussi grand que moi, maintenant. »

De l'épaule, sa main remonta jusqu'à la
nuque, pareille au maigre cou d'un oiseau.
Tous les membres paraissaient étirés jusqu'à
la fragilité : les poignets allongés dépas-
saient les manches ; le pantalon découvrait
presque les chevilles ; la démarche avait une
raideur, une gaucherie, et en même temps
une élasticité, une jeunesse, tout à fait nouvelles.

Le pavillon aménagé pour les pupilles spéciaux formait une dépendance du bâtiment directorial ; l'on n'y avait accès que par les bureaux. Cinq chambres identiques donnaient sur un couloir peint en ocre. M. Faîsme expliqua que Jacques étant le seul *spécial*, et les autres chambres étant sans emploi, le garçon affecté au service de Jacques couchait dans l'une, tandis que les autres servaient de fourre-tout.

— « Et voici la cellule de notre prisonnier », fit le directeur, en donnant de son doigt potelé une chiquenaude à Jacques, qui sourit et s'effaça pour le laisser entrer.

Antoine fit avidement l'inspection de la pièce. On eut dit une chambre d'hôtel, modeste mais bien tenu. Elle était tapissée d'un papier à fleurettes, et assez éclairée, quoique ce fût de haut, par deux impostes à vitres dépolies, garnies de grillage et de barreaux ; ces fenêtres étaient situées sous le plafond, et, la pièce étant élevée, elles étaient à plus de trois mètres de terre. Le soleil n'y donnait pas, mais la chambre était chauffée, surchauffée même, par le calorifère de l'administration. Le mobilier se composait d'une armoire de pitchpin, de

deux chaises cannées et d'une table noire
où les livres et les dictionnaires étaient
rangés en bataille. Le petit lit, carré, uni
comme un billard, laissait voir des draps
qui n'avaient pas encore servi. La cuvette
posait sur un linge propre, et plusieurs serviettes immaculées pendaient à l'essuie-
mains.

Ce coup d'œil minutieux acheva de jeter
le trouble dans les dispositions d'Antoine.
Tout ce qu'il voyait depuis une heure était
exactement l'opposé de ce qu'il avait prévu.
Jacques vivait très isolé des autres pupilles ;
on le traitait avec d'affectueux égards ; le
directeur était un brave garçon, aussi peu
garde-chiourme que possible ; tous les renseignements donnés par M. Thibault étaient
exacts. Si opiniâtre que fût Antoine, il était
bien obligé d'abandonner un à un ses soupçons.

Il surprit le regard du directeur posé sur lui.

— « Tu es vraiment bien installé », fit-il
aussitôt, en se tournant vers Jacques.

Celui-ci ne répondit pas. Il retirait son
pardessus et son chapeau, que le domestique
lui prit des mains et alla suspendre au porte-
manteaux.

— « Votre frère vous dit que vous êtes bien installé », répéta le directeur.

Jacques fit rapidement volte-face. Il avait un air poli, bien élevé, que son frère ne lui avait jamais vu.

— « Oui, monsieur le Directeur, très bien. »

— « N'exagérons pas », reprit l'autre en souriant. « C'est très simple, nous veillons seulement à ce que ce soit propre. D'ailleurs, c'est Arthur qu'il faut complimenter », ajouta-t-il en s'adressant au garçon. « Voilà un lit fait comme pour une revue... »

Le visage d'Arthur s'illumina. Antoine, qui le regardait, ne put s'empêcher de lui faire un signe amical. Il avait une tête ronde, des traits mous, des yeux pâles, quelque chose de loyal et d'avenant dans le sourire, dans le regard, Il était resté près de la porte, et tortillait sa moustache, qui semblait presque incolore tant son teint était hâlé.

« Voilà ce geôlier que j'imaginais déjà dans l'ombre d'un caveau, muni d'une lanterne sourde et d'un trousseau de clefs, » se disait Antoine ; et, riant malgré lui de lui-même, il s'approcha des livres et les examina gaîment.

— « Salluste ? Tu fais des progrès en

latin ? » demanda-t-il, tandis qu'un sourire moqueur s'attardait sur son visage.

Ce fut M. Faîsme qui répondit.

— « J'ai peut-être tort de le dire devant lui », fit-il, en feignant d'hésiter et en clignant des yeux vers Jacques. « Cependant il faut reconnaître que son professeur est satisfait de son application. Nous travaillons nos huit heures par jour », continua-t-il plus sérieusement. Il alla vers le tableau noir accroché au mur, et, tout en parlant, le redressa. « Mais cela ne nous empêche pas de faire chaque jour, quel que soit le temps, — M. votre père y tient beaucoup —, une grande marche de deux heures, avec Arthur. Ils ont de bonnes jambes l'un et l'autre, je les laisse libres de varier les itinéraires. Avec le vieux Léon, c'était autre chose ; je crois qu'ils ne faisaient pas beaucoup de chemin ; en revanche, ils faisaient la cueillette des simples, le long des haies. Pas vrai ? Il faut vous dire que le père Léon a été garçon pharmacien dans son jeune temps et qu'il connaît un tas de plantes avec leurs noms latins. C'était très instructif. Mais je préfère leur voir faire de longues randonnées dans la campagne, c'est meilleur pour la santé. »

Antoine s'était plusieurs fois tourné vers son frère pendant que M. Faîsme parlait. On eût dit que Jacques écoutait dans un rêve, et que, par instants, il dût faire effort pour être attentif ; alors une expression d'angoisse vague entr'ouvrait ses lèvres et ses cils tremblaient.

— « Sapristi, je bavarde, je bavarde, et voilà si longtemps que Jacques n'a pas vu son grand frère ! » s'écria M. Faîsme, en reculant vers la porte avec de petit gestes familiers. « Vous reprenez le train de onze heures ? » demanda-t-il.

Antoine n'y avait pas songé. Mais le ton de M. Faîsme impliquait que cela ne faisait pas de doute, et Antoine fut incapable de résister à cette offre d'évasion ; malgré tout, la tristesse du lieu, l'indifférence de Jacques, le rebutaient ; n'était il pas fixé dès maintenant ? Il n'avait plus rien à faire ici.

— « Oui », fit-il ; « je dois malheureusement rentrer de bonne heure, pour la contre-visite... »

— « Ne le regrettez pas : c'est le seul train avant celui du soir. A tout à l'heure ! »

Les deux frères restèrent seul. Il y eut
un court moment de gêne.

— « Prends la chaise », dit Jacques, s'ap-
prêtant à s'asseoir sur le lit. Mais apercevant
la seconde chaise, il se ravisa et l'offrit à
Antoine, en répétant sur un ton naturel :
« Prends la chaise ». comme il eût dit :
« Assieds-toi. » Et lui-même s'assit.

Rien n'avait échappé à Antoine, qui, aussitôt soupçonneux, demanda :

— « Tu n'as qu'une chaise, d'habitude ? »

— « Oui. Mais Arthur nous a prêté la
sienne, comme les jours où j'ai leçon. »

Antoine n'insista pas.

— « Tu n'es vraiment pas mal logé »,
remarqua-t-il, jetant un nouveau coup d'œil
autour de lui. Puis, montrant les draps
propres, les serviettes :

— « On change souvent le linge ? »

— « Le dimanche. »

Antoine parlait de ce ton bref et gai qui
lui était habituel, mais qui, dans cette pièce
sonore et devant l'attitude passive de Jacques, semblait mordante, presque agressive.

— « Figure-toi », dit-il, « je craignais,

je ne sais pourquoi, que tu ne sois pas bien
traité ici... »

Jacques le considéra avec surprise, et
sourit. Antoine ne quittait pas son frère des
yeux :

— « Alors, vrai, entre nous, tu ne te
plains de rien ? »

— « De rien »

— « Tu ne veux pas que je profite de ma
visite pour obtenir quelque chose du directeur ? »

— « Quoi donc ? »

— « Je ne sais pas, moi. Cherche. »

Jacques parut réfléchir, sourit à nouveau
et secoua la tête :

— « Mais non. Tu vois, tout est très
bien. »

Sa voix n'était pas moins transformée que
le reste : une voix d'homme, chaude et grave,
bien timbrée quoique sourde, et assez inattendue dans ce corps d'adolescent.

Antoine le regardait.

— « Comme tu es changé... On ne peut
même pas dire que tu aies changé : tu n'es
plus le même, plus du tout, en rien... »

Il ne détachait pas son regard de Jacques,
cherchant à retrouver, dans cette physiono-

mie nouvelle, les traits d'autrefois. C'étaient
bien les mêmes cheveux roux, plus foncés
un peu et tirant sur le brun, mais toujours
rudes et plantés bas ; c'était le même nez
mince et mal formé, les mêmes lèvres gercées, qu'ombrait maintenant un impalpable
duvet blond ; c'était la même mâchoire, massive, encore élargie ; et c'étaient les mêmes
oreilles décollées qui semblaient tirer sur
la bouche et la tenir allongée. Mais rien de
tout cela ne ressemblait plus à l'enfant
d'hier. « On dirait que le tempérament
même a changé », songeait-il ; « lui, si mo-
bile, toujours tourmenté : et maintenant ce
visage plat, dormant... Lui, si nerveux,
c'est maintenant un lymphatique... »

— « Lève-toi un peu » ?

Jacques se prêtait à l'examen avec un
sourire complaisant qui n'éclairait pas le
regard. Il y avait comme une buée sur ses
prunelles.

Antoine lui palpait les bras, les jambes.

— « Ce que tu as grandi ! Tu ne te sens
pas fatigué par cette croissance rapide ? »

L'autre secoua la tête. Antoine le tenait
devant lui, par les poignets. Il remarquait
la pâleur de la peau, sur laquelle les taches

de rousseur faisaient un semis foncé ; et aussi le léger cerne qui creusait les paupières inférieures.

— « Pas fameux, le teint », reprit-il avec une nuance de sérieux ; il fronça les sourcils, fut sur le point de dire autre chose, et se tût.

Tout à coup, la physionomie soumise, inexpressive de Jacques, lui rappela le soupçon qui l'avait effleuré lorsque Jacques avait paru dans la cour.

— « On t'avait prévenu que je t'attendais après la messe ? » lança-t-il sans préambule.

Jacques le considérait sans comprendre.

— « Quand tu es sorti de la chapelle » insista Antoine, « tu savais que j'étais là ? »

— « Mais non. Comment ? » Il souriait avec un étonnement naïf.

Antoine battit en retraite ; il murmura :

— « Je l'avais cru... On peut fumer ? » reprit-il pour changer la conversation.

Jacques le regarda avec inquiétude ; et comme Antoine lui présentait son étui :

— « Non. Pas moi. » répondit-il. Et sa figure se rembrunit.

Antoine ne savait plus que dire. Comme toujours lorsque l'on désire prolonger l'entretien avec un interlocuteur qui répond à peine, il s'épuisait à poser des questions :

— « Alors, vraiment », recommença-t-il, « tu n'as besoin de rien ? Tu as tout ce qu'il te faut ? »

— « Mais oui. »

— « Es-tu bien couché ? As-tu assez de couvertures ? »

— « Oh oui, j'ai même trop chaud. »

— « Ton professeur ? Il est gentil avec toi ? »

— « Très. »

— « Ça ne t'ennuie pas trop de travailler comme ça, toujours seul ? »

— « Non. »

— « Les soirées ? »

— « Je me couche après mon dîner, à huit heures. »

— « Et tu te lèves ? »

— « A six heures et demie, à la cloche. »

— « L'aumônier vient te voir quelquefois ? »

— « Oui. »

— « Il est bien ? »

Jacques leva sur Antoine son regard voilé.

Il ne comprenait pas la question, et ne répondit pas.

— « Et le directeur, il vient aussi ? »

— « Oui, souvent. »

— Il a l'air agréable. Il est aimé ? »

— Je ne sais pas. Oui, sûrement. »

— « Tu ne rencontre jamais les... autres ? »

— « Jamais. »

A chaque question, Jacques, qui gardait les yeux baissés, avait un léger tressaillement, comme s'il eût eu un effort à faire pour sauter ainsi d'un sujet à un autre.

— « Et la poésie ? Est-ce que tu fais encore des vers ? » demanda Antoine sur un ton enjoué.

— « Oh non. »

— « Pourquoi ? »

Jacques eut un hochement de tête, puis un sourire placide qui ne s'effaça pas tout de suite. Il n'eut pas différemment souri si Antoine lui eût demandé : « Est-ce que tu joues encore au cerceau ? »

Alors, Antoine, à bout de ressources, se décida à parler de Daniel. Jacques ne s'y attendait pas : un peu de rougeur lui vint aux joues.

— « Comment veux-tu que j'aie de ses nouvelles », répondit-il, « on ne reçoit pas de lettres, ici. »

— « Mais toi », poursuivit Antoine, « tu ne lui écris pas ? »

Il tenait son frère sous son regard. L'autre eut le même sourire que tout à l'heure, lorsqu'Antoine avait parlé de poésie. Il haussa doucement les épaules :

— « C'est de la vieille histoire, tout ça... Ne m'en parle plus. »

Qu'entendait-il par là ? S'il eut répondu : « Non, je ne lui ai jamais écrit », Antoine l'eut brusqué, l'eut confondu ; et avec un secret plaisir, car la passivité de son frère commençait à l'agacer. Mais Jacques éludait la question, sur un ton ferme et triste qui paralysa Antoine. Au même moment, il crut remarquer que le regard de Jacques se fixait tout à coup derrière lui, du côté de la porte ; et, dans l'état d'animosité réflexe où il se trouvait, tous ses soupçons l'envahirent de nouveau. Cette porte était vitrée, afin sans doute que l'on pût surveiller du dehors ce qui se passait dans la chambre ; et, au-dessus de la porte, il y avait un judas grillagé sans carreau, qui permettait aussi d'entendre ce que l'on disait à l'intérieur.

— « Il y a quelqu'un dans le couloir ? »
fit Antoine brutalement, mais en baissant
la voix.

Jacques le regarda comme s'il était devenu
fou.

— « Comment, dans le couloir ? Oui, quelquefois... Pourquoi ? Je viens justement de
voir passer le père Léon. »

A ce moment, on frappa : le père Léon
venait faire la connaissance du grand frère.
Il s'assit familièrement sur le coin de la
table.

— « Eh bien, vous lui trouvez bonne
mine, j'espère ? A-t-il forci, hein, depuis
l'automne ? »

Il riait. Il avait une face de vieux gro-
gnard à moustaches tombantes, et son rire
de bon vivant congestionnait ses pommettes,
les couvrait de petits vermicelles rouges,
qui se ramifiaient jusque dans le blanc de
ses yeux, et troublaient son regard, dont
l'expression, le plus souvent, était paternelle,
mais malicieuse.

— « Ils m'ont remis aux ateliers », expliqua-t-il en balançant les épaules. « Moi qui
étais si bien habitué avec M. Jacques !

Enfin », fit-il en s'en allant, « faut pas bouder sa vie... Mes salutations à M. Thibault, sans vous commander : de la part du père Léon, il me connaît bien, allez ! »

— « Quel vieux brave homme », dit Antoine lorsqu'il fut sorti.

Il voulut renouer l'entretien :

— « Je peux lui faire parvenir une lettre de toi, si tu veux », reprit-il. Et comme Jacques ne comprenait pas : « Tu n'as pas envie d'écrire un mot à Fontanin ? »

Il s'obstinait à guetter sur ces traits tranquilles un indice d'émotion, un rappel du passé ; en vain. Le jeune homme secouait la tête, sans sourire cette fois :

— « Non, merci. Je n'ai rien à lui dire. C'est de l'histoire ancienne. »

Antoine s'en tint là. Il était excédé. D'ailleurs le temps passait ; il tira sa montre :

— « Dix heures et demie : dans cinq minutes, il faudra que je parte. »

Jacques sembla troublé tout à coup, désireux de dire certaines choses. Lesquelles ? Il interrogea son frère sur sa santé, sur l'heure du train, sur ses examens. Et lorsqu'Antoine se leva, il fut frappé de l'accent avec lequel Jacques soupira :

— « Déjà ? Attends encore un peu... »

Il eut l'idée que l'enfant avait été déçu par sa froideur et que peut-être cette visite lui avait causé plus de plaisir qu'il n'en avait laissé voir.

— « Tu es content que je sois venu ? » murmura-t-il gauchement.

Jacques semblait penser à quelque chose ; il tressaillit, s'étonna, et répondit, avec un sourire poli :

— « Mais oui, très content, je te remercie. »

— « Eh bien, je tâcherai de revenir ; au revoir », fit Antoine vexé. Il regardait encore une fois son cadet, bien en face ; toute sa perspicacité était en éveil ; sa tendresse aussi s'émut :

— « Je pense souvent à toi, mon petit », hasarda-t-il. « Je crains toujours que tu ne sois pas heureux ici ?... » Ils étaient près de la porte. Antoine saisit sa main : « Tu me le dirais, n'est-ce pas ? »

Jacques prit un air gêné. Il se penchait, comme s'il eut voulu faire une confidence. Il se décida enfin, très vite :

— « Tu devrais donner quelque chose à Arthur, au garçon... Il est si complaisant... »

Et comme Antoine hésitait, interdit : « Tu veux bien ? »

— « Mais », fit Antoine, « ça ne va pas faire d'histoires ? »

— « Non, non. En t'en allant, dis-lui au revoir, gentiment, et glisse-lui un petit pourboire... Tu veux ? » Son attitude était presque suppliante.

— « Bien sûr. Et toi, vraiment, réponds, tu n'es pas malheureux ? »

— « Mais non ! » répliqua Jacques avec une imperceptible nuance d'humeur. Puis, baissant encore la voix : « Combien lui donneras-tu ? »

— « Je ne sais pas. Combien ? Dix francs, est-ce bien ? Veux-tu vingt francs ? »

— « Oh, oui, vingt francs ! » fit Jacques, avec une sorte de joie confuse. « Merci, Antoine. » Et il serra la main que son frère lui tendait.

Le garçon passait dans le couloir, comme Antoine sortait de la chambre. Il accepta le pourboire sans hésiter, et sa figure franche, un peu enfantine encore, rougit de plaisir. Il conduisit Antoine au bureau du directeur.

— « Onze heures moins le quart », constata M. Faîsme. « Vous avez tout votre
temps, mais il faut partir. »

Ils traversèrent le vestibule où trônait le
buste de M. Thibault. Antoine le considérait
maintenant sans ironie. Il comprenait ce
qu'il y avait de légitime dans l'orgueil que
son père tirait de cette Œuvre, entièrement
créée par lui ; il ressentit quelque fierté
d'être son fils.

M. Faîsme l'accompagna jusqu'au portail,
le chargeant de tous ses respects pour M. le
Fondateur ; il ne cessait de rire tout en
parlant, plissant les yeux derrière ses lunettes
d'or, et il tenait la main d'Antoine familièrement enfermée entre les siennes, qui étaient
douces et potelées comme des mains de
femme. Enfin Antoine se dégagea. Le petit
bonhomme restait sur la route, nu-tête au
soleil, les bras soulevés, riant toujours et
dodelinant la tête en signe d'amitié.

« Je me suis monté la tête comme une midinette », se disait Antoine en marchant. « Cette boîte est bien tenue et Jacques n'y est pas malheureux. »

« Le plus bête », songea-t-il tout à coup, « c'est d'avoir perdu mon temps à jouer au juge d'instruction, au lieu de causer avec Jacques, en ami. » Il n'était pas loin de croire que son frère l'avait vu partir sans regret. « C'est un peu sa faute », pensa-t-il avec humeur ; « il s'est montré si indifférent ! » Malgré tout il regrettait de ne pas avoir fait les premières avances.

Antoine vivait sans maîtresse, et se contentait des rencontres que lui offrait le hasard ; mais son cœur de vingt-quatre ans lui pesait quelquefois : il eut aimé prendre en pitié un être faible, prêter à quelqu'un l'appui de sa force. Son affection pour le petit augmentait à mesure qu'il s'éloignait de lui. Quand le reverrait-il maintenant ? Pour un rien il fut revenu en arrière.

Il marchait le front baissé, à cause du soleil. Lorsqu'il releva la tête, il vit qu'il

s'était trompé de chemin. Des enfants lui
indiquèrent un raccourci à travers champs.
Il hâta le pas. « Si je manquais mon train »,
se dit-il par jeu, « qu'est-ce que je ferais ? »
Il imagina son retour au pénitencier. Il
passerait la journée auprès de Jacques ; il
lui raconterait ses craintes chimériques, son
voyage en cachette du père ; il se montrerait
confiant, camarade ; il rappellerait au petit
la scène du fiacre, au retour de Marseille,
et comme il avait cru sentir ce soir-là qu'ils
pourraient devenir de vrais amis. Le désir
de manquer son train devint si impérieux
qu'il ralentit sa marche, ne sachant que
décider. Tout-à-coup il entendit le sifflet de
la locomotive ; un panache de fumée s'élevait, à sa gauche, au-dessus d'un bouquet
d'arbres ; et sans plus réfléchir, il prit sa
course. Il apercevait la gare. Il avait son
billet en poche, n'avait qu'à sauter dans
un wagon, fut-ce à contrevoie. Les coudes
au corps, la tête en arrière, la barbe au
vent, il aspirait l'air à pleins poumons ; il
était fier de ses muscles ; il était sûr d'arriver.

Mais il avait compté sans le talus de la
voie. Pour atteindre la station, la route fai-

sait un crochet, passait sous un petit pont.
Il eut beau accélérer l'allure, donner son
maximum, il déboucha hors du pont lorsque
le train, qui était en gare, s'ébranlait déjà.
Il le manquait à cent mètres près.

Son orgueil était tel qu'il ne consentit pas
à sa défaite ; il voulut l'avoir préférée. « Je
pourrais encore sauter dans le fourgon, si
je voulais », se dit-il en l'espace d'une seconde. « Mais alors, je ne pourrais plus choi-
sir, je serais parti sans avoir revu Jacques. »
Il s'arrêta, satisfait de lui.

Et aussitôt, ce qu'il avait imaginé tout
à l'heure, prit corps : déjeuner à l'auberge,
retourner au pénitencier, consacrer la journée à son frère.

III

Il était moins d'une heure, lorsqu'Antoine se retrouva devant la Fondation Thibault. M. Faîsme sortait. Il fut si surpris qu'il demeura quelques secondes pétrifié, les yeux dansant derrière ses lunettes. Antoine conta sa mésaventure. Alors seulement M. Faîsme éclata de rire et redevint loquace.

Antoine s'offrit à promener Jacques tout l'après-midi.

— « Sapristi... » fit le directeur perplexe. « Notre règlement... »

Mais Antoine insista si bien qu'il obtint gain de cause.

— « Vous expliquerez le cas à M. le Fondateur... Je vais vous chercher Jacques. »

— « Je vous accompagne », dit Antoine.

Il s'en repentit : ils arrivaient mal à propos. A peine eut-il pénétré dans le couloir, qu'Antoine aperçut son frère, accroupi en belle vue dans le réduit que l'administration nommait *les vatères*, et dont la porte était maintenue grande ouverte par Arthur, qui fumait sa pipe, adossé au battant.

Antoine se hâta d'entrer dans la chambre. Le directeur se frottait les mains et semblait jubiler :

— « Vous voyez ? » s'écria-t-il ; « les enfants dont nous avons la garde, sont gardés, même là. »

Jacques revint. Antoine s'attendait à ce qu'il parût gêné ; mais il se boutonnait tranquillement, et ses traits n'exprimaient rien, pas même l'étonnement de revoir Antoine. M. Faîsme expliqua qu'il autorisait Jacques à sortir avez son frère jusqu'à six heures. Jacques le regardait au visage, comme s'il cherchait à bien comprendre ; mais il ne souffla mot.

— « Là-dessus je me sauve, excusez-moi », reprit M. Faîsme, de sa voix flûtée. « Réunion de mon conseil municipal. Car je suis maire ! » cria-t-il de la porte, en pouffant de rire, comme si c'eût été du dernier comique ; et Antoine sourit, en effet.

Jacques s'habillait sans se presser. Avec une prévenance qu'Antoine remarqua, Ar-

thur lui passait ses vêtements ; il voulut
même lustrer les bottines ; Jacques se laissait
faire.

La chambre avait déjà perdu cet aspect
soigné, qui, le matin, avait agréablement
surpris Antoine. Il en chercha la cause. Le
plateau du déjeuner était resté sur la table :
une assiette sale, un gobelet vide, des miettes
de pain. Le linge propre avait disparu : un
seul essuie-mains, taché, pendait au porte-
serviettes ; sous la cuvette, un bout de toile
cirée, usé et sale ; les draps blancs étaient
remplacés par de gros draps écrus, fripés.
Ses soupçons se réveillèrent soudain. Mais
il ne posa aucune question.

Lorsqu'ils furent tous deux sur la route :

— « Où allons-nous ? » fit Antoine gaîment. « Tu ne connais pas Compiègne ? Il
y a un peu plus de trois kilomètres, par le
bord de l'Oise. Ça te va ? »

Jacques accepta. Il semblait s'appliquer
à ne contrarier son frère en rien.

Antoine passa son bras sous celui du cadet
et prit son pas.

— « Qu'est-ce que tu dis du coup des serviettes ? » fit-il. Il regardait Jacques en riant.

— « Le coup des serviettes ? » répéta l'autre, qui ne comprenait pas.

— « Oui : ce matin, pendant qu'on me promenait dans tout l'établissement, on a eu le temps de mettre chez toi de beaux draps blancs, de belles serviettes neuves. Mais la malechance a voulu que je revienne quand on ne m'attendait plus, et... »

Jacques s'arrêta avec un demi-sourire contraint :

— « On dirait que tu veux à toutes forces trouver mal ce qui se fait à la Fondation », finit-il par dire, de sa voix grave qui tremblait un peu. Il se tut, se remit à marcher, et reprit, presqu'aussitôt, avec effort, comme s'il éprouvait un ennui sans bornes à s'étendre sur un sujet si vain : « C'est bien plus simple que tu ne supposes. On change le linge les premiers et troisièmes dimanches du mois. Arthur, qui s'occupe de moi depuis une dizaine de jours seulement, avait changé les draps et les serviettes dimanche dernier ; et il a cru bien faire en recommençant ce matin, parce que c'était dimanche. Mais, à la lingerie, on lui a dit qu'il s'était trompé, et on lui a fait rapporter le linge propre, auquel je n'ai pas droit avant la semaine

66

prochaine. » Il se tut de nouveau et regarda la campagne.

La promenade débutait mal. Antoine s'employa aussitôt à changer le tour de la conversation ; mais le regret de sa maladresse l'obsédait et ne lui permettait pas de prendre le ton simple et enjoué qu'il eût voulu. Jacques répondait par oui ou non, lorsque la phrase d'Antoine était interrogative ; mais sans le moindre intérêt. Il dit enfin :

— « Je t'en prie, Antoine, ne parle pas de cette histoire de linge au directeur : cela ferait gronder Arthur pour rien. »

— « Bien entendu. »

— « Ni à papa ? » ajouta Jacques.

— « Mais à personne, sois tranquille ! Je n'y pensais même plus. Écoute », reprit-il, « je vais te dire la vérité : figure-toi que je m'étais mis en tête, je ne sais pourquoi, que tout allait mal ici, et que tu n'étais pas heureux... »

Jacques se tourna légèrement et examina son frère avec une expression sérieuse.

— « J'ai passé la matinée à fureter », continua Antoine. « J'ai compris enfin que je m'étais trompé. Alors j'ai fait semblant de manquer mon train. Je ne voulais pas

67

partir sans avoir eu le temps de causer un peu avec toi, tu comprends ? »

Jacques ne répondit rien. La perspective de cette causerie lui était-elle agréable ? Antoine n'en était pas sûr ; il craignit de faire fausse route, et se tut.

La pente du chemin qui descendait vers la berge, rendait leur marche plus allègre. Ils atteignirent un bras de la rivière, qui était canalisé. Un petit pont en fer enjambait une écluse. Trois grosses péniches vides flottaient de toute la hauteur de leur coque brune sur l'eau presque immobile.

— « Tu aimerais faire un voyage en péniche ? » demanda gaîment Antoine. « Glisser en douce sur les canaux, entre les peupliers, avec les arrêts aux écluses, et les brouillards du matin, et, le soir, au soleil couchant, fumer sa cigarette à l'avant, sans penser à rien, les pieds ballants au-dessus de l'eau... Est-ce que tu dessines toujours ? »

Cette fois Jacques eut un tressaillement très net et Antoine fut certain de le voir rougir.

— « Pourquoi ? » demanda-t-il d'une voix mal assurée.

— « Pour rien », reprit Antoine, intrigué. « Parce qu'il y aurait un croquis amusant à prendre, ces trois péniches, l'écluse, le petit pont... »

Le chemin de halage s'élargissait, devenait une route. Ils arrivaient au grand bras de l'Oise, dont le cours gonflé roulait vers eux.

— « Voilà Compiègne », dit Antoine.

Il s'était arrêté, et pour s'abriter du soleil, il avait mis la main au front. Il reconnut dans le ciel lointain, par-dessus des frondaisons vertes, les pointes en faisceau du beffroi, le clocheton arrondi de l'église; il s'apprêtait à les nommer, lorsqu'en jetant les yeux sur son frère, qui, à côté de lui, la main en visière, semblait comme lui inspecter l'horizon, il s'aperçut que Jacques regardait le sol à ses pieds ; il avait l'air d'attendre qu'Antoine se remît en marche ; ce qu'Antoine fit, sans rien dire.

Tout Compiègne était dehors. Antoine et Jacques se mêlèrent à la foule qui passait sur le pont. Il avait dû y avoir conseil de révision, car des grappes de gars endimanchés achetaient aux marchands ambulants des flots de rubans tricolores, et, se tenant par le bras, barrant les trottoirs, titubaient en chantant des refrains de caserne. Sur le Cours, parmi les filles en robes claires et les dragons échappés du quartier, des familles se croisaient en saluant.

Jacques, ivre, contemplait tous ces gens avec un trouble qui l'oppressait.

— « Allons ailleurs, Antoine... » supplia-t-il.

Ils prirent, au milieu du Cours, une rue encaissée qui montait, sombre et silencieuse. L'arrivée sur la place du Palais fut un éblouissement. Jacques clignait des yeux. Ils s'arrêtèrent et s'assirent sous les quinconces qui ne donnaient pas encore d'ombre.

— « Écoute », dit Jacques en posant la main sur les genoux d'Antoine. Les cloches de Saint-Jacques s'ébranlaient pour les Vêpres ; leurs vibrations semblaient ne faire qu'un avec la lumière du soleil.

Antoine s'imagina que l'enfant subissait à son insu l'ivresse de ce premier dimanche de printemps. Il hasarda :

— « A quoi penses-tu, mon vieux ? »

Mais, au lieu de répondre, Jacques se leva ; ils se dirigèrent en silence vers le parc.

Jacques ne prêtait aucune attention à la somptuosité du paysage. Il paraissait surtout préoccupé de fuir les endroits où il y avait du monde. Le calme qui régnait autour du château, sur les terrasses à balustres, l'attira. Antoine le suivait, parlant de ce qu'il voyait, des buis taillés tranchant sur le vert des pelouses, des ramiers qui se posaient sur l'épaule des statues. Mais il n'obtenait que des réponses évasives.

Jacques questionna, tout à coup :

— « Tu lui as parlé ? »

— « A qui ? »

— « A Fontanin. »

— « Mais oui : je l'ai rencontré au quartier latin. Tu sais qu'il est maintenant externe à Louis-le-Grand ? »

— « Ah ? » fit l'autre. Mais il ajouta, avec un tremblement de la voix, qui, pour la première fois, rappelait un peu le ton de menace qu'il prenait si souvent autrefois : « Tu ne lui as pas dit où j'étais ? »

— « Il ne m'a rien demandé. Pourquoi ? Tu ne veux pas qu'il le sache ? »

— « Non. »

— « Pourquoi ? »

— « Parce que. »

71

— « Excellente raison. Mais tu en as bien une autre ? »

Jacques le considéra stupidement ; il n'avait pas compris qu'Antoine plaisantait. Il ne se dérida pas, et se remit à marcher. Il ajouta, tout à coup :

— « Et Gise ? Est-ce qu'elle sait ? »

— « Où tu es ? Non, je ne crois pas. Mais avec les enfants on ne peut être sûr de rien... » Et s'accrochant à ce sujet que Jacques lui-même avait amorcé, il continua : « Certains jours, elle a déjà l'air d'une grande fille, elle écoute tout ce qui se dit avec ses beaux yeux bien ouverts. Et puis, d'autres jours, ce n'est qu'un bébé. Crois-tu qu'hier soir Mademoiselle la cherchait partout, elle jouait à la poupée sous la table du vestibule ? A onze ans bientôt ! »

Ils descendaient vers le berceau de glycines, et Jacques s'était arrêté au bas de l'escalier, près d'un sphinx en marbre rose moucheté, dont il caressait le front poli qui brillait au soleil. Songeait-il à Gise, à Mademoiselle ? Revoyait-il tout à coup la vieille table du vestibule, avec son tapis à franges et son plateau d'argent où traînaient

des cartes ? Antoine le crut. Il poursuivit
gaîment :

— « Je ne sais fichtre pas où elle prend
toutes les idées qu'elle a ! La maison n'est
pas drôle pour une enfant ! Mademoiselle
l'adore ; mais tu sais comment elle est : elle
s'effraye de tout, lui défend tout, ne la quitte
jamais une seconde... »

Il s'était mis à rire et regardait son frère
avec une complicité joyeuse, tant il sentait
que ces détails de vie familiale étaient leur
trésor fraternel, n'avaient de sens que pour
eux, ne cesseraient jamais de constituer
pour eux quelque chose d'unique, d'irrem-
plaçable : les souvenirs d'enfance. Mais
Jacques n'eut qu'un bref sourire forcé.

Antoine continua cependant :

— « Les repas ne sont pas drôles non plus,
je t'assure. Père ne dit rien ; ou bien il
refait pour Mademoiselle les discours de ses
Congrès et raconte par le menu l'emploi de
sa journée. A propos, tu sais, ça marche très
bien, la candidature à l'Institut !

— « Ah ? » Un peu de tendresse adoucit
ses traits. Il réfléchit un instant et sourit :
« Tant mieux ! »

— « Tous les amis s'agitent », reprit

Antoine. « L'abbé est prodigieux, il a des relations dans tous les clans. L'élection a lieu dans trois semaines. » Il ne riait plus ; il murmura : « Ça ne fait rien, membre de l'Institut, c'est quelque chose tout de même. Et Père l'a bien gagné, tu ne trouves pas ? »

— « Oh, si ! » fit Jacques spontanément. « Papa est bon, tu sais, dans le fond... » Il s'arrêta, rougit, voulut ajouter quelque chose, et ne s'y décida pas.

— « J'attends que Père soit conforta-blement assis sous sa coupole, pour faire un coup d'État », reprit Antoine avec anima-tion. « Je suis vraiment à l'étroit dans la chambre du bout ; je ne sais plus où mettre mes livres. Tu sais qu'on a installé Gise dans ton ancienne chambre ? Je voudrais décider Père à louer le petit logement du rez-de-chaussée, celui du vieux beau ; il déménage le quinze. Trois pièces ; j'aurais un vrai cabinet de travail où je pourrais recevoir des clients, et même une espèce de labora-toire que j'installerais dans la cuisine... »

Il eut honte tout à coup d'exposer ainsi au reclus sa vie libre, ses désirs de confort ; il s'aperçut qu'il venait de parler de la chambre de Jacques, comme si celui-ci ne dût jamais y revenir. Il se tut. Jacques avait repris son air indifférent.

— « Et maintenant », dit Antoine pour faire diversion, « si nous allions goûter, veux-tu ? Tu dois avoir faim ? »

Il avait perdu tout espoir de rétablir entre Jacques et lui un contact fraternel.

Ils rentrèrent en ville. Les rues, pleines de monde, bourdonnaient comme des ruches. Les pâtisseries étaient prises d'assaut. Jacques, arrêté sur le trottoir, s'immobilisait devant les cinq étages de gâteaux vernis de sucre, bavant de crème ; cette vue semblait l'étouffer.

— « Eh bien, entre ! » fit Antoine en souriant.

Les deux mains de Jacques tremblaient en prenant l'assiette qu'Antoine lui tendit. Ils s'installèrent au fond de la boutique, devant une pyramide de gâteaux choisis. Des bouffées de vanille, de pâte chaude, venaient d'une porte de service entr'ouverte. Jacques, sans un mot, tassé sur sa chaise, les yeux congestionnés comme s'il allait pleurer, mangeait vite, s'arrêtait après chaque gâteau, attendait qu'Antoine le servît, et aussitôt se remettait à manger. Antoine fit

verser deux portos. Jacques prit le verre
entre ses doigts qui tremblaient toujours ;
il y trempa les lèvres, se brûla au vin alcoo-
lisé, et toussa. Antoine buvait à petits coups,
sans paraître faire attention à son frère.
Jacques s'enhardit, reprit une gorgée, la
laissa descendre en lui comme une boule de
feu, puis une autre, puis tout le contenu du
verre, jusqu'au fond. Et lorsqu'Antoine lui
remplit une seconde fois son verre, il feignit
de ne pas s'en être aperçu, et fit, trop tard,
le geste de l'en empêcher.

Lorsqu'ils sortirent de la boutique, le
soleil déclinait, la température avait baissé.
Mais Jacques ne sentait pas la fraîcheur.
Il avait les joues brûlantes, et, dans tout le
corps, une sensation de bien-être, à laquelle
il était si peu accoutumé qu'elle lui était
presque douloureuse.

— « Nous avons encore nos trois kilomètres à faire », dit Antoine ; « il faut revenir. »

Jacques fut sur le point de pleurer. Il ferma les poings au fond de ses poches, serra les mâchoires, et baissa la tête. Antoine, le regardant à la dérobée, remarqua un tel changement sur ses traits, qu'il eut peur :

— « Cette longue promenade t'a fatigué ? » demanda-t-il.

Le ton de cette voix parut à Jacques d'une tendresse nouvelle ; incapable de prononcer un mot, il tourna vers son frère son visage crispé ; et cette fois ses yeux s'emplirent de larmes.

Antoine, stupéfait, le suivit en silence. Mais lorsqu'ils eurent redescendu la ville, traversé le pont, et qu'ils se trouvèrent sur le chemin de halage, il se rapprocha de son frère et prit son bras.

— « Tu ne regrettes pas ta promenade habituelle ? » fit-il en souriant.

Jacques ne répondit rien. Mais, tout à coup, ces bouffées de liberté qui le grisaient depuis des heures, et ce porto, et cette fin d'après-midi si douce, si triste... L'émotion excédait ses forces : il éclata en sanglots. Antoine l'entoura de son bras, le soutint, l'assit contre lui sur le talus. Il ne songeait plus à découvrir dans la vie de Jacques de

ténébreux secrets ; mais il éprouvait une
délivrance à voir fondre enfin cette indifférence contre laquelle il se heurtait, depuis
le matin.

Ils étaient seuls sur la rive déserte, seuls
avec l'eau fuyante, sous un ciel brumeux où
s'éteignait le couchant ; devant eux, un
bachot que le courant berçait au bout de
sa chaîne, froissait les roseaux secs.

Ils avaient du chemin à faire, ils ne pouvaient s'éterniser là. Antoine voulut forcer
l'enfant à relever la tête :

— « A quoi penses-tu ? Qu'est-ce qui te
fait pleurer ? »

Jacques se serra davantage contre lui.

Antoine chercha à se souvenir des mots
qui avaient déclenché cet accès de larmes.

— « C'est de penser à ta promenade habituelle, qui te fait pleurer ? »

— « Oui », avoua le petit, pour répondre
quelque chose.

— « Pourquoi ? » insista l'autre. « Où
donc te promènes-tu le dimanche ? »

Pas de réponse.

— « Tu n'aimes pas sortir avec Arthur ? »

— « Non. »

— « Pourquoi ne le dis-tu pas ? Si tu

regrettes ton vieux père Léon, c'est bien
facile d'obtenir... »

— « Oh, non ! » interrompit Jacques,
avec une violence imprévue. Il s'était re-
dressé et montrait un visage de rancune si
expressif et si nouveau, qu'Antoine en fut
saisi.

Jacques, comme s'il fut incapable de rester immobile, s'était levé et entraînait son
frère à grands pas. Il ne disait rien ; et
Antoine, après quelques minutes d'attente,
au risque d'être maladroit, désireux avant
tout de débrider cette plaie, comme il pensait, reprit résolument :

— « Alors, tu n'aimais pas non plus sortir
avec le père Léon ? »

Jacques continuait à marcher, les yeux
grands ouverts, les dents serrées, sans prononcer une parole.

— « Il était pourtant gentil avec toi, le
père Léon ? » hasarda Antoine.

Pas de réponse. Il eut peur que Jacques
ne se repliât de nouveau ; il voulut reprendre
son bras ; mais l'enfant se dégagea, et hâta
le pas. Antoine le suivait, perplexe, ne
sachant comment ressaisir sa confiance,
lorsque, tout à coup, Jacques eut un brusque

sanglot, et, cessant de courir, se mit à pleurer, sans tourner la tête :

— « Ne le dis pas, Antoine, ne le dis jamais à personne... Avec le père Léon, je ne me promenais pas, presque pas...

Il se tut. Antoine ouvrait la bouche pour questionner : un instinct l'avertit qu'il ne fallait pas proférer un son. En effet, la voix de Jacques, un peu hésitante et rauque, reprit :

— « Les premiers jours, oui... C'est même en promenade qu'il a commencé à... à me raconter des choses. Et il me prêtait des livres, — je ne croyais pas que ça existait ! Et après, il m'a proposé de faire partir des lettres, si je voulais... et c'est à ce moment-là que j'ai écrit à Daniel. Mais je n'avais pas d'argent pour les timbres. Alors, tu ne sais pas... Il avait vu que je savais un peu dessiner. Tu devines... C'est lui qui me disait comment il fallait faire... Alors, en échange, il payait le timbre pour Daniel. Mais il montrait les dessins le soir aux surveillants, et tous en voulaient d'autres, de plus en plus compliqués... Alors, à partir de ce moment-là, le père Léon ne s'est plus gêné, il a cessé de me promener. Au lieu d'aller dans les champs, il me faisait tourner derrière la Fondation pour traverser le village... Les gamins nous couraient après... On prenait la ruelle pour entrer dans l'auberge par la cour du fond. Lui, il allait boire, jouer aux cartes, faire je ne sais quoi; et pendant tout le temps qu'il restait là, on me cachait dans une buanderie, avec une vieille couverture...

— « On te cachait ? »

— « Oui, dans une buanderie vide, fermée à clef, pendant deux heures... »

— « Mais pourquoi ? »

— « Je ne sais pas. Tu comprends, les aubergistes avaient peur. Un jour, il y avait du linge à sécher dans la buanderie, alors on m'a mis dans un couloir. La femme a dit... a dit... » Il sanglotait.

— « Qu'est-ce qu'elle a dit ? »

— « Elle a dit : " On ne sait jamais avec ces graines... " » Il sanglotait si fort qu'il ne put continuer.

— « ... ces graines ? » répéta Antoine, en se penchant.

— « ... ces graines... d'escrocs... », acheva enfin le petit, et il se mit à sangloter de plus belle.

Antoine écoutait ; la curiosité d'en apprendre davantage étouffait pour l'instant sa pitié.

— « Et alors ? » fit-il. « Raconte donc ! »

Jacques s'arrêta net, et vint s'accrocher au bras de son aîné :

— « Antoine, Antoine », cria-t-il, « jure-moi que tu ne diras rien, dis ? Jure-le moi ! Si jamais papa se doutait de quelque chose, il... Papa est bon, tu sais, il serait trop malheureux. Ce n'est pas de sa faute s'il ne comprend pas les choses comme nous... » Et, tout à coup : « Ah, toi, Antoine, tu... Ne me quitte pas, Antoine, ne me quitte pas ! »

— « Mais non, mon petit, mais non, aie confiance, je suis là... Je ne dirai rien, je ferai tout ce que tu voudras. Mais dis-moi la vérité. » Et comme Jacques ne se décidait pas à continuer : « Il te battait ? »

— « Qui ? »

— « Le père Léon. »

— « Oh non ! » Il était si surpris, qu'il ne pût s'empêcher de sourire dans ses larmes.

— « On ne te bat pas ? »

— « Oh non ! »

— « Bien vrai ? Jamais, personne ? »

— « Mais non, personne ! »

— « Alors ? »

Silence.

— « Et le nouveau, Arthur ? Il n'est pas
bien ? »

Jacques secouait la tête.

— « Mais quoi ? Il va aussi au café,
lui ? »

— « Non. »

— « Ah ! Avec lui, tu te promènes ? »

— « Oui. »

— « Alors, qu'est-ce que tu lui repro-
ches ? Il est dur avec toi ? »

— « Non. »

— « Alors quoi ? Il ne te plaît pas ?

— « Non. »

— « Pour quelle raison ? »

— « Parce que. »

Antoine hésitait :

— « Mais pourquoi diable ne te plains-tu
pas ? » reprit-il enfin. « Pourquoi ne vas-tu
pas expliquer tout ça au directeur ? »

Jacques pressait son corps fébrile contre
celui d'Antoine, et suppliait :

— « Non, non... Antoine, tu m'as juré,
tu sais, tu m'as juré que tu ne dirais rien !
Rien, rien, à personne ! »

— « Mais oui, je ferai ce que tu voudras. Je te demande seulement : Pourquoi ne t'es-tu pas plaint du père Léon au directeur ? »

Jacques secouait la tête, sans desserrer les dents.

— « Tu supposes peut-être que le directeur sait tout ça, et qu'il le tolère ? » suggéra Antoine.

— « Oh non. »

— « Qu'est-ce que tu penses du directeur ? »

— « Rien. »

— « Crois-tu qu'il rende les autres enfants malheureux ? »

— « Non, pourquoi ? »

— « Il a l'air gentil ; mais je ne sais plus, moi : le père Léon aussi avait l'air d'un brave bonhomme ! Est-ce que tu as entendu dire des choses contre le directeur ? »

— « Non. »

— « Les surveillants, en ont-ils peur ? Le père Léon, Arthur, est-ce qu'ils ont peur de lui ? »

— « Oui, un peu. »

— « Pourquoi ? »

— « Je ne sais pas. Parce que c'est le directeur. »

— « Mais toi ? Avec toi, est-ce que tu as remarqué des choses ? »

— « Quelles choses ? »

— « Quand il vient te voir, comment est-il avec toi ? »

— « Je ne sais pas. »

— « Tu n'oses pas lui parler librement ? »

— « Non. »

— « Mais si tu lui avais dit que le père Léon allait au café au lieu de te promener, et qu'on t'enfermait dans la buanderie, qu'est-ce que tu crois qu'il aurait fait ? »

— « Il aurait mis le père Léon à la porte ! » répondit Jacques avec effroi.

— « Alors, qu'est-ce qui te retenait de lui parler ? »

— « Mais ça ! »

Antoine s'épuisait à démêler cet écheveau de complicités, dans lequel il sentait son frère prisonnier.

— « Est-ce que tu ne veux pas me dire ce qui te retenait ? Ou bien, vraiment, est-ce que tu n'en sais rien toi-même? » demanda-t-il.

— « Il y a des... dessins... qu'ils m'ont forcé à... signer », murmura Jacques, en baissant la tête. Il hésita, se tut, puis tout

à coup : « Mais ce n'est pas seulement ça.
Vois-tu, on ne peut rien dire à M. Faîsme
parce que c'est le directeur. Tu comprends ? »

L'accent était las, mais sincère. Antoine
n'insista pas ; il se méfiait de lui-même : il
savait qu'il avait une tendance à toujours
deviner trop, et trop vite.

— « Au moins », reprit-il, « travailles-tu
bien ? »

Ils arrivaient en vue de l'écluse, près des
péniches, dont les petites fenêtres étaient
éclairées déjà. Jacques continuait à marcher,
les yeux à terre.

Antoine répéta :

— « Alors, le travail non plus, ça ne va
pas ? »

Jacques fit signe que non, sans lever la
tête.

— « Pourtant le directeur affirme que
ton professeur est content de toi ? »

— « Parce que le professeur le lui dit. »

— « Mais pourquoi le dirait-il, si ce n'était
pas vrai ? »

Jacques semblait suivre ce questionnaire
avec effort.

— « Tu comprends », fit-il mollement,
« lui, le professeur, il est vieux, il ne demande

pas que je travaille ; il vient là parce qu'on lui a dit qu'il vienne, voilà tout. Il sait bien que personne ne vérifiera. Lui aussi, il aime mieux n'avoir pas de devoirs à corriger. Il reste une heure, on cause, il est très copain avec moi, il me raconte Compiègne, ses élèves, et tout... Il n'est pas bien heureux, lui non plus... Il me raconte sa fille, qui a des maladies dans le ventre et qui se dispute avec sa femme, parce qu'il est remarié ; et son fils, qui est adjudant, qui a été cassé parce qu'il fait des dettes pour une bonne femme... On fait semblant, avec les cahiers, les leçons ; mais on ne fait rien pour de vrai... »

Il se tut. Antoine ne trouvait rien à répondre. Il se sentait presque intimidé devant ce gamin qui avait déjà une telle expérience de la vie. D'ailleurs il n'eut rien à demander. De lui-même l'enfant s'était remis à parler, d'une voix monotone et basse, sans que l'on put, dans ce chaos, comprendre l'association de ses idées, ni même ce qui, après une si obstinée réserve, le poussait tout à coup à ce débordement :

— « ... C'est comme pour l'abondance, tu sais, l'eau rougie... Je la leur laisse, tu comprends ? Le père Léon me l'avait demandé, au début ; moi je n'y tiens pas, j'aime autant l'eau du broc... Mais ce qui m'ennuie c'est qu'ils rôdent tout le temps dans le couloir. Avec leurs chaussons, on ne les entend pas. Quelquefois même ils me font peur. Non, ce n'est pas que j'ai peur, c'est surtout que je ne peux pas faire un mouvement sans qu'ils me voient, sans qu'ils m'entendent... Toujours seul et jamais vraiment seul, tu comprends, ni en promenade, ni nulle part ! Ça n'est rien, je sais bien, mais à la longue, tu sais, tu n'as pas idée de l'effet que ça fait, c'est comme si on était sur le point de se trouver mal... Il y a des jours où je voudrais me cacher sous le lit pour pleurer... Non, pas pour pleurer, mais pour pleurer *sans qu'on me voye*, tu comprends ?... C'est comme ton arrivée, ce matin : ils me l'avaient dit, à la chapelle. Le directeur avait envoyé le secrétaire inspecter ma tenue, et on m'avait apporté mon pardessus, et aussi mon chapeau, parce que j'étais nu-tête... Oh, ne crois pas qu'ils ont fait ça pour te tromper, Antoine... Non, pas du tout : c'est l'habitude. Ainsi, le lundi, le premier lundi du mois, quand papa vient pour le Conseil, on fait toujours des choses comme ça, des riens, pour que papa soit content... C'est comme le linge : ce que tu as vu ce matin, c'est du linge blanc qui est toujours dans mon armoire pour arranger la chambre, si jamais il venait quelqu'un... Oh, ce n'est pas qu'ils me laissent avec du linge sale, non, ils le changent bien assez souvent, et même si je demande une serviette propre en plus, on me la donne. Mais c'est l'habitude, tu comprends, pour que ça ait plus d'œil quand on entre...

« J'ai tort de te raconter tout ça, Antoine, tu vas encore croire des choses qui ne sont pas. Je t'assure que je n'ai à me plaindre de rien, que le régime est très doux pour moi, qu'on ne fait rien pour m'être désagréable, au contraire. Mais c'est justement cette douceur, tu comprends ?... Et puis, rien à faire ! Toute la journée, attaché là, et rien, absolument rien à faire ! Au début les heures me paraissaient longues, longues, tu n'as pas idée ; et puis j'ai cassé le remontoir de ma montre, et à partir de ce jour-là ça a été mieux, et peu à peu je m'y suis fait. Mais je ne sais pas comment dire, c'est comme si on s'endormait dans le fond de soi, tout au fond... On ne souffre pas vraiment puisque c'est comme si on dormait, mais c'est pénible tout de même, tu comprends ? »

Il se tut un moment, et reprit, d'une voix saccadée, en hésitant davantage :

— « Et puis, Antoine, je ne peux pas tout te dire... Mais tu sais bien.., Seul comme ça, on finit par avoir un tas d'idées qu'on ne devrait pas... Surtout que... Ainsi, les histoires du père Léon, tu sais... et les dessins... Eh bien, au fond, c'est un peu une distraction, tu comprends ? J'en fais d'avance... Et la nuit, j'y repense... Je sais bien qu'il ne faudrait pas... Mais, tout seul, tu comprends ? Oh, j'ai tort de te raconter tout ça... Je sens que je le regretterai... Mais je suis si fatigué ce soir, si tu savais... Je ne peux pas me retenir... » Et il se mit tout à coup à pleurer plus fort.

Il éprouvait un malaise étrange : il lui semblait mentir malgré lui, et que, plus il cherchait à dire la vérité, moins il y parvenait. Pourtant, rien de ce qu'il racontait n'était inexact ; mais, par le ton, par l'exagération de son trouble, par le choix des aveux, il avait conscience qu'il présentait de sa vie une image falsifiée, et qu'il ne pouvait pas faire autrement.

Ils n'avançaient guère ; la moitié du trajet restait à parcourir. Il était cinq heures et demie. Le jour était encore clair ; une buée montait de la rivière, débordait sur la campagne, les ensevelissait.

Antoine, soutenant le petit qui trébuchait, réfléchissait de toutes ses forces. Non à ce qu'il devait faire : il était bien résolu : arracher l'enfant de là ! Mais il cherchait le moyen d'obtenir son consentement. Ce n'était pas facile. Aux premiers mots, Jacques se suspendit à son bras, sanglotant, lui rappelant qu'il avait fait le serment de ne rien dire, de ne rien faire.

— « Mais non, mon petit, c'est juré, je ne ferai rien contre ta volonté. Seulement, écoute-moi. Cette solitude morale, cette paresse, cette promiscuité ! Moi qui, ce matin, avais cru que tu étais heureux ! »

— « Mais je le suis ! » En un instant, tout ce dont il venait de se plaindre s'effaça : il ne vit plus que les douceurs de sa réclusion, la monotonie des jours, l'oisiveté, l'absence de contrôle, l'éloignement des siens.

— « Heureux ? Si tu l'étais, ce serait une honte ! Toi ! Non, mon petit, non, je ne peux pas croire que tu te plaises à croupir là-dedans. Tu te dégrades, tu t'abêtis ; ça n'a que trop duré. Je t'ai promis de n'agir qu'avec ton assentiment, je tiendrai ma parole, sois tranquille ; mais, réfléchis, regardons froidement les choses en face, toi et moi, comme deux amis... Est-ce que nous ne sommes pas deux amis maintenant ? »

— « Oui. »

— « Tu as confiance en moi ? »

— « Oui. »

— « Alors ? Qu'est-ce que tu crains ? »

— « Je ne veux pas retourner à Paris ! »

— « Mais voyons, mon petit, après le tableau que tu m'as fait de ton existence ici, la vie de famille ne peut pas être pire ! »

— « Oh si ! »

Devant ce cri, Antoine se tut, atterré.

Sa perplexité augmentait. « Nom de Dieu », se répétait-il, sans pouvoir penser à rien. Le temps pressait. Il lui semblait marcher dans les ténèbres. Tout à coup le voile se déchira. Il tenait la solution ! En une seconde tout un plan s'échafauda dans sa tête. Il riait.

— « Jacques ! » s'écria-t-il, « écoute-moi, ne m'interromps pas ! Ou plutôt, réponds : si nous nous trouvions tout à coup, toi et moi, seuls au monde, est-ce que tu ne voudrais pas venir auprès de moi, vivre avec moi ? »

L'enfant ne comprit pas tout de suite.

— « Ah, Antoine », fit-il enfin, « comment veux-tu ? Il y a papa... »

Le père se dressait en travers de l'avenir. Une même idée les effleura : « Comme tout s'arrangerait, si, subitement... » Antoine eut honte de sa propre pensée, dès qu'il en eût surpris le reflet dans le regard de son frère ; il détourna les yeux.

— « Ah, bien sûr », disait Jacques, « si j'avais pu être avec toi, rien qu'avec toi, je serais devenu tout autre ! J'aurais travaillé... Je travaillerais, je deviendrais peut-être un vrai poète... »

Antoine l'arrêta d'un geste :

— « Eh bien, écoute : si je te donnais ma parole que personne d'autre que moi ne s'occupera de toi, est-ce que tu accepterais de sortir d'ici ? »

— « Ou...i... » C'était par besoin d'affection et pour ne pas contrarier son frère, qu'il acquiesçait.

— « Mais t'engagerais-tu à me laisser organiser ta vie, tes études, et te surveiller en tout, comme si tu étais mon fils ? »

— « Oui. »

— « Bon », fit Antoine, et il se tut. Il réfléchissait. Ses désirs étaient toujours si impérieux qu'il ne doutait jamais de leur exécution ; et, en fait, il avait jusqu'à présent mené à bout tout ce qu'il avait ainsi voulu avec opiniâtreté. Il se tourna vers son cadet, et sourit :

— « Je ne rêve pas », reprit-il, sans cesser de sourire, mais d'une voix résolue. « Je sais à quoi je m'engage. Avant quinze jours, tu m'entends, avant quinze jours... Aie confiance ! Tu vas rentrer dans ta boîte, courageusement, sans avoir l'air de rien. Et avant quinze jours, je te le jure, tu seras libre ! »

Jacques, sans bien entendre, se serrait contre Antoine, avec un appétit soudain de tendresse ; il eut voulu prendre son aîné dans ses bras, l'enlacer, se blottir près de lui, et rester là, longtemps, sans bouger, dans la tiédeur de son corps.

— « Confiance ! » répéta Antoine.

Il se sentait lui-même réconforté, et comme

annobli ; il avait plaisir à se trouver maintenant si joyeux et si fort. Il comparait sa vie
à celle de Jacques : « Pauvre bougre, il lui
arrive toujours des choses qui n'arrivent à
personne ! » Il voulait dire : « des choses
comme il ne m'en est jamais arrivé. » Il le
plaignait ; mais il éprouvait surtout une
jouissance très vive à être Antoine, cet
Antoine équilibré, si bien organisé pour être
heureux, pour devenir un grand homme,
un grand médecin ! Il eut envie d'accélérer
l'allure, de siffler gaîment. Mais Jacques
traînait la jambe et semblait épuisé. D'ailleurs ils arrivaient à Crouy.

— « Confiance ! » murmura-t-il encore
une fois. en pressant le bras de Jacques sous
le sien.

M. Faîsme fumait son cigare devant le
portail. Du plus loin qu'il les vit, il sautilla
vers eux.

— « Eh bien, j'espère ! Quelle promenade !
Vous avez été voir Compiègne, je parie ! »
Il riait d'aise, et levait les bras. « Par le
bord de l'eau ? Ah, la jolie route ! Quel
beau pays que le nôtre, pas vrai ? » Il tira sa
montre : « Ce n'est pas pour vous comman-

der, docteur, mais si vous voulez ne pas manquer de nouveau votre train... »

— « Je me sauve », dit Antoine. Il se tourna vers son frère et sa voix s'émut : « Au revoir, Jacques. »

La nuit tombait. Il aperçut à contre-jour un visage soumis, des paupières battues, un regard perdu à l'horizon. Il répéta :

— « Au revoir ! »

Arthur attendait dans la cour. Jacques eût voulu prendre congé du directeur ; mais M. Faîsme lui tournait le dos : il poussait lui-même, ainsi que chaque soir, les verrous du portail. Au milieu des aboyements du chien, Jacques entendit la voix d'Arthur :

— « Eh bien, vous venez ? »

Il le suivit.

Il retrouva sa cellule avec une impression de soulagement. La chaise d'Antoine était là, près de la table. L'affection du frère aîné l'enveloppait encore. Il endossa ses vêtements de travail. Le corps était las, mais le cerveau alerte ; il y avait en lui, outre le Jacques de tous les jours, un autre être.

immatériel, né d'aujourd'hui, qui regardait agir le premier, qui le dominait.

Il ne put demeurer assis, et se mit à tourner en rond dans la chambre. Un sentiment neuf et puissant le tenait debout : la conscience d'une force. Il s'était approché de la porte, et il restait là, le front au carreau, l'œil fixé sur la lampe du couloir désert. L'atmosphère suffocante du calorifère augmentait sa fatigue. Il dormait presque. Tout à coup, de l'autre côté de la vitre, une ombre se dressa. La porte, fermée à double tour, s'ouvrit : Arthur apportait le dîner.

— « Allons, dépêche, petite grapule ! »

Avant d'entamer les lentilles, Jacques retira du plateau le morceau de gruyère et le gobelet d'eau rougie.

— « Pour moi ? » dit le garçon. Il sourit, prit le bout de fromage et s'en fut le manger près de l'armoire, afin de n'être pas vu de la porte. C'était l'heure où, avant son dîner, M. Faîsme venait, en pantoufles, faire un tour dans le couloir ; et le plus souvent on ne s'apercevait de sa visite qu'après son passage, à l'odeur écœurante du cigare qui pénétrait par le treillage de l'imposte.

5

Jacques achevait son pain en trempant de grosses mies dans l'eau noire des lentilles. Lorsqu'il eût terminé :

— « Maintenant, au plumard », dit Arthur.

— « Mais il n'est pas huit heures. »

— « Allons, dépêche ! C'est dimanche. Les copains m'attendent. »

Jacques ne répondit rien et commença à se déshabiller. Arthur, les mains dans les poches, le regardait. Il y avait, sur cette face un peu bestiale et dans ce corps trapu de blond déménageur, quelque chose d'assez doux.

— « Le frangin », fit-il sentencieusement, « voilà un bonhomme qui sait vivre. » Il fit le geste de glisser une pièce dans son gousset, sourit, prit le plateau vide, et sortit.

Lorsqu'il revint, Jacques était au lit.

— « Ça y est déjà ? » Du bout des pieds le garçon poussa les bottines sous la toilette. « Dis donc, tu ne pourrais pas ranger un peu tes affaires avant de te coucher ? » Il s'approcha du lit. « Tu entends, petite grapule ?... » Il appuyait ses deux mains sur les épaules de Jacques et riait bizarrement. Un sourire de plus en plus pénible déformait le visage de l'enfant. « Tu ne caches rien sous le polochon, au moins ? Pas de bougie ? Pas de bouquin ? »

Il avançait la main sous les draps. Mais, d'un mouvement qu'Arthur ne put ni prévoir ni retenir, le petit se dégagea et se jeta en arrière, le dos au mur. Ses yeux étaient pleins de haine.

— « Oh, oh », fit l'autre, « on est chatouilleux ce soir. » Il ajouta : « Je pourrais causer, moi aussi... »

Il parlait bas et surveillait de l'œil la porte du couloir. Puis, sans plus faire attention à Jacques, il alluma le quinquet qui restait toute la nuit en veilleuse pour la surveillance, ferma le commutateur avec son passe-partout, et sortit en sifflotant.

Jacques entendit la clef tourner deux fois dans la serrure, et l'homme s'éloigner en traînant sur le carreau ses semelles de corde. Alors il revint au milieu du lit, allongea les jambes, et resta étendu sur le dos. Ses dents claquaient. Toute confiance l'abandonna. Se rappelant sa journée, ses aveux, il eut un sursaut de rage, suivi d'un découragement qui le déchira : il entrevit Paris, Antoine, la maison, les disputes, le travail, le contrôle familial... Ah, il avait commis la faute irréparable, il s'était livré à ses ennemis ! « Mais qu'est-ce qu'ils me veulent, qu'est-ce qu'ils me veulent tous ? » Ses larmes coulaient. Il se cramponna à cette pensée que le mystérieux projet d'Antoine était irréalisable, que M. Thibault s'y opposerait. Son père lui apparut comme un sauveur. Oui, tout cela échouerait, et on finirait bien par le laisser en repos, par le laisser ici. Ici, c'était la solitude, l'engourdissement, le bonheur dans la paix.

Sur le plafond, le reflet de la veilleuse tournoyait, tournoyait au-dessus de sa tête.

Ici, c'était la paix, le bonheur.

IV

Dans la pénombre de l'escalier, Antoine croisa le secrétaire de son père, M. Chasle, qui glissait le long du mur comme un rat, et, le voyant, s'arrêta, l'œil effaré :

— « Ah, c'est vous ? » Il avait pris à son patron cette manie d'apostrophe. « Mauvaise nouvelle ! » chuchota-t-il : « Le clan des universitaires a mis en avant la candidature du Doyen de la Faculté des Lettres : quinze voix de perdues, pour le moins ; avec celles des juristes, cela fera vingt-cinq. Quoi ? C'est ce qu'on appelle la déveine. Le Patron vous expliquera. » Il toussotait sans cesse par timidité, et, se croyant victime d'un catarrhe chronique, tout le long du jour, suçait des pastilles de gomme. « Je me sauve, maman doit s'inquiéter », reprit-il, voyant qu'Antoine ne répondait pas. Il tira sa montre, l'écouta avant de regarder l'heure, releva son col et disparut.

Depuis sept ans, ce petit homme à lunettes était le collaborateur quotidien de M. Thibault, et Antoine ne le connaissait guère mieux qu'au premier jour. Il parlait peu, à voix basse, et n'exprimait que des idées répandues, en accumulant des synonymes. Il se montrait ponctuel, occupé de minimes habitudes. Il vivait avec sa mère, pour laquelle il semblait avoir de touchantes prévenances. Ses bottines crissaient toujours. Son prénom était Jules ; mais M. Thibault, par considération pour lui-même, appelait son secrétaire « Monsieur Chasle ». Antoine et Jacques l'avaient surnommé « Boule de gomme » ou « l'Ennuyeux ».

Antoine entra tout droit dans le cabinet de son père, qui mettait en ordre son bureau avant d'aller au lit.

— « Ah, c'est toi ! Mauvaises nouvelles ! »

— « Oui », interrompit Antoine, « M. Chasle m'a raconté. »

M. Thibault tira d'un coup sec le menton hors de son col ; il n'aimait pas qu'on sut ce qu'il s'apprêtait à dire. Antoine, pour l'instant, ne s'en souciait point ; il songeait à ce qu'il venait faire, et sentait déjà la paralysie le gagner. Il en eut conscience à temps, et fonça :

— « Moi aussi, je t'apporte de très mauvaises nouvelles : Jacques ne peut pas rester à Crouy. » Il reprit haleine, et continua d'un trait : « J'en arrive. Je l'ai vu. Je l'ai confessé. J'ai découvert des choses lamentables. Je viens en causer avec toi. Il est urgent de le sortir au plus tôt de là. »

M. Thibault demeura quelques secondes immobile. Sa stupeur ne fut perceptible que dans sa voix :

— « Tu... ? A Crouy ? Toi ? Quand ? Pourquoi faire ? Sans me prévenir ? Es-tu fou ? Explique-toi. »

Quoique soulagé d'avoir du premier bond franchi l'obstacle, Antoine était fort mal à l'aise et bien incapable de parler. Il y eut un silence étouffant. M. Thibault avait ouvert les yeux ; ils se refermèrent lentement, comme malgré lui. Alors il s'assit et posa ses poings sur le bureau.

— « Explique-toi, mon cher », reprit-il. Il martelait avec solennité chaque syllabe : « Tu dis que tu as été à Crouy ? Quand ? »

— « Aujourd'hui. »

— « Comment ? Avec qui ? »

— « Seul. »

— « Est-ce que... on t'a reçu ? »

— « Naturellement. »

— « Est-ce que... on t'a laissé voir ton frère ? »

— « J'ai passé toute la journée auprès de lui. Seul avec lui. »

Antoine avait une façon provoquante de faire sonner la fin de ses phrases, qui fouetta la colère de M. Thibault, mais l'avertit qu'il y avait lieu d'être circonspect.

— « Tu n'es plus un enfant », proclama-t-il, comme s'il eut constaté l'âge d'Antoine au son de sa voix. « Tu dois comprendre l'inconvenance d'une pareille démarche, à mon insu. Est-ce que tu avais une raison particulière pour aller à Crouy sans me le dire ? Est-ce que ton frère t'avait écrit, t'avait appelé ? »

— « Non. J'ai été pris de doute, tout à coup. »

— « De doutes ? Sur quoi ? »

— « Mais sur tout... Sur le régime... Sur les effets du régime auquel Jacques est soumis depuis huit mois. »

— « Vraiment, mon cher, tu... tu me surprends ! » Il hésitait, choisissant des

104

termes mesurés, que démentaient ses grosses
mains fermées et ses coups de tête en
avant. « Cette... méfiance, à l'égard de ton
père... »

— « Tout le monde peut se tromper. La
preuve ! »

— « La preuve ? »

— « Écoute, père, inutile de se fâcher.
Je pense que nous voulons l'un et l'autre
la même chose : le bien de Jacques. Quand
tu sauras dans quel état de déchéance je
l'ai trouvé, tu décideras, tout le premier,
que Jacques doit quitter le pénitencier au
plus tôt. »

— « Ça, non ! »

Antoine s'efforça de ne pas entendre le
ricanement de M. Thibault.

— « Si, père. »

— « Je te dis : non ! »

— « Père, quand tu sauras... »

— « Est-ce que tu me prendrais pour un
imbécile, par hasard ? Est-ce que tu supposes que j'ai attendu tes renseignements
pour savoir ce qui se fait à Crouy, où,
depuis plus de dix ans, je passe tous les
mois une inspection générale, suivie d'un
rapport ? Où rien ne se décide sans avoir

d'abord été discuté en séance d'un Conseil
dont je suis le président ? Voyons ? »

— « Père, ce que j'ai vu là-bas... »

— « Assez là-dessus. Ton frère a pu te
débiter tous les mensonges qu'il a voulus ;
avec toi, il avait beau jeu ! Mais avec moi,
ce sera une autre affaire. »

— « Jacques ne s'est plaint de rien. »

M. Thibault parut interloqué.

— « Eh bien, alors ? » lança-t-il.

— « Au contraire, et c'est le plus grave :
il dit qu'il est tranquille, il dit même qu'il
est heureux, qu'il se plaît là-bas! » Et comme
M. Thibault faisait entendre un petit rire
satisfait, Antoine lâcha sur un ton blessant :
« Le pauvre gosse a de tels souvenirs de la
vie de famille, qu'il préfère encore sa prison ! »

L'offense manqua son but :

— « Eh bien, c'est parfait, nous sommes
donc tous d'accord. Que veux-tu d'autre ? »

Antoine n'était plus assez certain d'obtenir
la liberté de Jacques pour dévoiler à M. Thibault tout ce que les aveux de l'enfant lui
avaient appris ; il résolut de s'en tenir à des
griefs généraux et de dissimuler le reste.

— « Je vais te dire la vérité, père »,

commença-t-il, en fixant sur M. Thibault un regard attentif. « J'avais soupçonné des privations, des mauvais traitements, des cachots. Oui, je sais. Rien de tout cela n'est fondé, heureusement. Mais j'ai constaté dans l'existence de Jacques une misère morale cent fois pire. On te trompe quand on te dit que l'isolement lui fait du bien. Le remède est bien plus dangereux que le mal. Ses journées se passent dans une oisiveté pernicieuse. Son professeur, n'en parlons pas : la vérité est que Jacques ne fait rien, et il est visible que déjà son intelligence devient incapable du moindre effort. Prolonger l'épreuve, crois-moi, c'est compromettre à jamais l'avenir. Il est tombé dans un tel état d'indifférence, et sa faiblesse est telle, que s'il restait quelques mois encore dans cette torpeur, il serait trop tard pour lui rendre jamais la santé. »

Antoine ne quittait pas son père de l'œil ; il semblait peser de tout son regard sur cette face inerte pour en faire jaillir une lueur d'acquiescement. M. Thibault, ramassé sur lui-même, gardait une immobilité massive ; il faisait songer à ces pachydermes dont la puissance reste cachée tant qu'ils sont au repos ; de l'éléphant d'ailleurs, il avait les larges oreilles plates, et aussi, par éclairs, l'œil rusé. Le plaidoyer d'Antoine le rassurait. Il y avait eu déjà quelques embryons de scandales à la Fondation, quelques surveillants qu'il avait fallu congédier, sans ébruiter les motifs de leur renvoi, et M. Thibault avait craint un moment que les révélations d'Antoine fussent de cette nature : il respirait.

— « Est-ce que tu crois m'apprendre quelque chose ? » fit-il d'un air bonasse. « Tout ce que tu dis là fait honneur à ta générosité naturelle, mon cher : mais permets moi de te dire, en toute conscience, que ces questions de correction sont fort complexes, et qu'en ces matières on ne s'improvise pas une compétence du jour au lendemain. Crois-en mon expérience et celle des spécialistes. Tu dis : faiblesse, torpeur. Dieu merci ! Tu sais ce que valait ton frère : crois-tu que l'on puisse broyer une pareille volonté de mal faire, sans d'abord la réduire ? En affaiblissant avec mesure un enfant vicieux, ce sont ses mauvais instincts qu'on affaiblit, et l'on peut alors en venir à bout : c'est la pratique qui apprend ça. Et vois : est-ce que ton frère n'est pas transformé ? Il n'a plus jamais de colères ; il est discipliné, poli avec tous ceux qui l'approchent. Tu dis toi-même qu'il en est arrivé déjà à aimer l'ordre, la régularité de sa nouvelle existence. Hé mais, est-ce qu'il n'y a pas lieu d'être fier d'un tel résultat, en moins d'un an ? »

Il effilait entre ses doigts boudinés la pointe de sa barbiche ; et lorsqu'il eût terminé, il glissa vers son fils un coup d'œil oblique. L'organe sonore, le débit majestueux, prêtaient une apparence de force à ses moindres paroles ; et Antoine avait une telle habitude de s'en laisser imposer par son père, qu'au fond de lui-même, il faiblit. Mais M. Thibault commit une maladresse d'orgueil :

— « D'ailleurs je me demande pourquoi je prends la peine de défendre l'opportunité d'une sanction qui n'est pas et ne sera pas remise en question. Je fais ce que je crois devoir faire, en toute conscience, et n'ai de compte à rendre à qui que ce soit. Tiens-le toi pour dit, mon cher. »

Antoine se cabra :

— « Ce n'est pas le moyen de me réduire

au silence, père ! Je te répète que Jacques ne peut pas rester à Crouy. »

M. Thibault eut de nouveau un petit rire acerbe. Antoine fit un effort pour demeurer maître de lui.

— « Non, père, ce serait un crime que de laisser Jacques là-bas. Il y a, en lui, une valeur que l'on ne doit pas laisser perdre. Laisse-moi te dire, père : tu t'es souvent trompé sur son caractère : il t'agace et tu ne vois pas ses... »

— « Qu'est-ce que je ne vois pas ? Nous ne vivons tranquilles ici que depuis son départ. Est-ce vrai ? Eh bien, quand il sera corrigé, nous verrons à le faire revenir. D'ici là... » Son poing se souleva, comme s'il allait le laisser retomber de tout son poids ; mais il ouvrit la main, et posa doucement sa paume à plat sur le bureau. Sa colère couvait. Celle d'Antoine éclata :

— « Jacques ne restera pas à Crouy, père, je t'en réponds ! »

— « Oh, oh... », fit M. Thibault sur un ton persifleur. « Est-ce que tu n'oublies pas un peu trop, mon cher, que tu n'es pas le maître ? »

— « Non, je ne l'oublie pas. Aussi je te

demande : Qu'est-ce que tu comptes faire ? »

— « Moi ? » murmura M. Thibault avec lenteur ; il eut un sourire froid et entr'ouvrit une seconde les paupières : « Cela ne fait pas de doute : semoncer vertement M. Faîsme pour t'avoir reçu sans mon autorisation ; et t'interdire à jamais l'accès de la colonie. »

Antoine croisa les bras :

— « Alors, tes brochures, tes conférences ! Toutes tes belles paroles ! Dans les congrès, oui ! Mais devant une intelligence qui sombre, fût-ce celle d'un fils, rien ne compte : pas de complications, vivre tranquille, et advienne que pourra ? »

— « Imposteur ! » cria M. Thibault. Il se mit debout. « Ah, ça devait arriver ! Je te voyais venir depuis longtemps. Certains mots qui t'échappent à table, *tes* livres, *tes* journaux... Ta froideur à accomplir tes devoirs... Tout se tient : l'abandon des principes religieux, et bientôt l'anarchie morale, et la révolte pour finir ! »

Antoine secoua les épaules :

— « N'embrouillons pas les histoires. Il s'agit du petit, et ça presse. Père, promets-moi que Jacques... »

— « Je t'interdis dorénavant de me parler de lui ! Cette fois, est-ce clair ? »

Ils se toisèrent.

— « C'est ton dernier mot ? »

— « Va-t'en ! »

— « Ah, père, tu ne me connais pas, » murmura Antoine avec un rire plein de défi. « Je te jure que Jacques sortira de ce bagne ! Et que rien, rien ne m'arrêtera ! »

Le gros homme, avec une violence soudaine, marchait sur son fils, la mâchoire serrée :

— « Va-t'en ! »

Antoine avait ouvert la porte. Il se retourna sur le seuil pour lancer d'une voix sourde :

— « Rien ! Dussé-je mener moi-même une nouvelle campagne dans *mes* journaux ! »

V

Le lendemain, de bonne heure, Antoine, qui n'avait pu fermer l'œil, attendait, dans une sacristie de l'archevêché, que l'abbé Vécard eut terminé sa messe. Il fallait que le prêtre fût mis au courant de tout et pût intervenir. Jacques n'avait plus d'autre chance.

L'entretien fut long. L'abbé avait fait asseoir le jeune homme près de lui, comme pour une confession ; et il l'écoutait avec recueillement, le buste en arrière, la tête inclinée sur l'épaule gauche, à son habitude. Pas une fois il ne l'interrompit. Son visage incolore, au nez long, n'était guère expressif ; mais, par instants, il posait sur Antoine un regard doux et insistant qui cherchait à comprendre au-delà des paroles. Bien qu'il eût moins fréquenté Antoine que les autres membres de la famille, il lui manifestait toujours une estime particulière ; le piquant

est qu'il subissait en ceci l'influence de
M. Thibault, dont la vanité était fort sensible aux succès d'Antoine, et qui se plaisait à faire l'éloge de son fils.

Antoine ne chercha pas à convaincre
l'abbé par une adroite argumentation ; il lui
fit le récit détaillé de la journée qu'il avait
passée à Crouy et qui s'était terminée par
la scène avec son père : ce dont l'abbé lui
fit reproche, sans mot dire, par un geste
significatif des mains, qu'il tenait presque
toujours levées à la hauteur de la poitrine ;
deux mains de prélat, que les poignets
arrondis laissaient retomber mollement, et
qui, sans changer de place, s'animaient soudain, comme si la nature leur eût réservé
cette faculté d'expression qu'elle avait refusé
au visage.

— « Le sort de Jacques est maintenant
entre vos mains, M. l'abbé », conclut Antoine.
« Vous seul pouvez faire entendre raison à
mon père. »

L'abbé ne répondit pas. Il tourna vers
Antoine un regard si morne, si distrait, que
le jeune homme ne sut que penser. Il sentit
alors son impuissance, et les insurmontables
difficultés de ce qu'il avait entrepris.

— « Et après ? » fit doucement l'abbé.

— « Après ? »

— « Je suppose que votre père rappelle Jacques à Paris : qu'en fera-t-il, après ? »

Antoine se troubla. Il avait bien son projet, mais il ne savait comment l'exposer, tant il lui semblait difficile d'en faire admettre le principe à l'abbé : quitter l'appartement familial ; s'installer, Jacques et lui, au rez-de-chaussée de leur maison ; soustraire presqu'entièrement l'enfant à l'autorité paternelle ; se charger, à lui seul, de diriger l'éducation, de contrôler le travail et de surveiller la conduite de son cadet. Cette fois le prêtre ne put s'empêcher de sourire ; mais son sourire était sans ironie.

— « Vous assumeriez là une tâche bien lourde, mon ami ».

— « Ah », répliqua Antoine, avec feu, « j'ai tellement la conviction que ce petit a besoin d'une très grande liberté ! Qu'il ne se développera jamais dans la contrainte ! Moquez-vous de moi, M. l'abbé, mais je reste convaincu que si j'étais vraiment tout seul à m'occuper de lui... »

Il n'obtint du prêtre qu'un nouveau hochement de tête, suivi d'un de ses regards fixes et pénétrants qui semblaient venir de très loin et pénétrer fort avant. Il s'en alla désespéré : après le violent refus de son père, l'accueil nonchalant de l'abbé ne lui laissait guère d'espérance. Il eut été bien surpris de savoir que l'abbé avait résolu d'aller trouver M. Thibault ce jour même.

Il n'eut pas à se déranger.

Lorsqu'il rentra, comme il faisait chaque matin après sa messe, boire sa tasse de lait froid, dans l'appartement qu'il occupait avec sa sœur à deux pas de l'archevêché, il aperçut M. Thibault qui l'attendait dans la salle à manger. Le gros homme, affalé sur une chaise, les mains sur les cuisses, cuvait encore sa colère. L'arrivée de l'abbé le fit lever.

— « Ah, vous voilà », grommela-t-il. « Ma visite vous surprend ? »

— « Pas tant que vous supposez », répliqua l'abbé. Par moments, un sourire furtif, ou bien une lueur malicieuse du regard, illu-

minaient son calme visage. « Ma police est
bien faite : je suis au courant de tout. Vous
permettez ? » ajouta-t-il en s'approchant du
bol qui l'attendait sur la table.

— « Au courant ? Est-ce que vous auriez
déjà vu... ? »

L'abbé buvait son lait, à petites gor-
gées :

— « J'ai su dès hier matin l'état d'Astier,
par la duchesse. Mais je n'ai appris qu'hier
soir le retrait de votre adversaire. »

— « L'état d'Astier ? Est-ce que... Je
ne comprends pas. Je ne sais rien, moi. »

— « Pas possible ? » fit l'abbé. « C'est à
moi qu'est réservé le plaisir de vous apprendre
la bonne nouvelle ? » Il prit un temps. « Eh
bien, le vieux père Astier vient d'avoir une
quatrième attaque : cette fois, le pauvre
homme est perdu. Alors, le Doyen, qui n'est
pas un sot, se retire, et vous laisse seul
candidat aux Sciences Morales. »

— « Le Doyen... se retire ? » balbutia
M. Thibault. « Mais pourquoi ? »

— « Parce qu'il a réfléchi qu'un Doyen
de la Faculté des Lettres sera mieux à sa
place aux Inscriptions, et qu'il préfère attendre quelques semaines un fauteuil qui

ne lui sera pas disputé, plutôt que de risquer sa chance contre vous ! »

— « En êtes-vous bien sûr ? »

— « C'est officiel. J'ai rencontré le Secrétaire perpétuel à une réunion de l'Institut catholique, hier soir. Le Doyen venait d'apporter lui-même sa lettre de désistement. Une candidature qui aura duré moins de vingt-quatre heures ! »

— « Mais alors... ! », bredouilla M. Thibault. La surprise, la joie l'essoufflaient. Il fit quelques pas au hasard, les bras derrière le dos, puis vint au prêtre et faillit le saisir aux épaules. Il lui prit seulement les mains.

— « Ah, mon cher abbé, je n'oublierai jamais. Merci. Merci. »

Tant de bonheur venait d'entrer en lui que tout le reste était submergé ; sa colère fuyait à la dérive. Au point qu'il dut faire un appel à sa mémoire pour répondre, lorsque l'abbé, l'ayant, sans qu'il y prît garde, conduit dans son cabinet de travail, lui demanda, du ton le plus naturel :

— « Et qu'est-ce donc qui vous amenait de si bonne heure, mon cher ami ? »

Alors il se souvint d'Antoine, et retrouva d'emblée son emportement. Il venait de-

mander conseil sur la conduite à tenir vis-
à-vis de son fils aîné, qui avait beaucoup
changé ces derniers temps, et que l'on
sentait travaillé par un esprit de doute et
de révolte. Continuait-il seulement à accomplir ses pratiques religieuses ? Assistait-il
même à la messe dominicale ? Il se montrait
de moins en moins assidu à la table de
famille, sous le prétexte de ses malades ;
et lorsqu'il y paraissait, son attitude y
était tout autre que jadis : il y tenait tête
à son père ; il se permettait d'inconcevables
libertés d'opinion : lors des récentes élections
municipales, la discussion avait pris plusieurs fois si âpre tournure, qu'il avait fallu
lui imposer silence, comme à un gamin.
Bref, si l'on voulait maintenant Antoine dans
la bonne voie, il était urgent d'adopter à
son égard des dispositions nouvelles, pour
lesquelles l'appui et peut-être l'intervention
de l'abbé Vécard semblaient indispensables.
Puis, à titre d'exemple, M. Thibault relata
l'acte d'indiscipline dont Antoine s'était
rendu coupable en allant à Crouy, les stupides
conjectures qu'il en avait rapportées, et la
scène inqualifiable qui s'en était suivie.
Toutefois, la considération qu'il portait à

Antoine, augmentée même à son insu par
ces actes d'indépendance qu'il lui reprochait,
ne cessait d'être sensible à travers ses
paroles ; et l'abbé le nota.

Nonchalamment assis à son bureau, il
donnait de temps à autre de petits signes
approbateurs avec ses mains levées de chaque
côté de son rabat. Mais dès qu'il fut question
de Jacques, il dressa la tête, et son attention
parut redoubler. Par une suite d'interro-
gations habiles, dont on ne pouvait deviner
le lien, il se fit confirmer par le père tous
les renseignements que venait de lui apporter
le fils.

— « Mais... mais... mais ! » fit-il, comme
se parlant à lui-même. Il se recueillit un
moment. M. Thibault attendait, surpris.
Enfin l'abbé prit la parole, avec décision :
« Ce que vous me rapportez de l'attitude
d'Antoine ne me préoccupe pas autant que
vous, mon cher ami. Il fallait s'y attendre.
Le premier effet des études scientifiques sur
une intelligence curieuse et passionnée, est
d'exalter l'orgueil et de faire vaciller la foi ;
un peu de science éloigne de Dieu ; beaucoup
y ramène. Ne vous effrayez pas. Antoine
est à l'âge où l'on se précipite d'un extrême

à l'autre. Vous avez bien fait de me prévenir : je ferai en sorte de le voir plus souvent, de causer avec lui. Tout cela n'est pas
grave, patientez : il nous reviendra.

« Mais ce que vous m'apprenez de l'existence de Jacques m'inquiète bien davantage. J'étais loin de supposer que son
isolement fût à ce point rigoureux ! C'est
une vie de prisonnier qu'il mène là ! Je ne
puis croire qu'elle soit sans danger. Mon
cher ami, j'avoue que j'en suis très troublé.
Y avez-vous bien réfléchi ? »

M. Thibault sourit.

— « En toute conscience, mon cher abbé,
je vous dirai ce que j'ai répondu hier à
Antoine : est-ce que vous supposez que
nous n'avons pas, et mieux que personne,
l'expérience de ces choses-là ? »

— « Je ne le nie pas », prononça le prêtre
sans la moindre humeur. « Mais les enfants
que vous avez coutume de traiter n'ont pas
tous besoin des ménagements que nécessite
le tempérament particulier de votre fils.
Et leur régime est différent, si j'ai bien
compris, puisqu'ils vivent en commun, ont
des heures de récréation, s'exercent à des
travaux manuels. J'étais, vous vous en sou-

venez, partisan d'infliger à Jacques un châ-
timent sévère, et ce simulacre de réclusion
me semblait bien fait pour l'obliger à réfléchir, à s'amender. Mais, que diantre, je
n'avais jamais songé que ce dût être une
véritable incarcération, ni surtout qu'elle
pût lui être imposée si longtemps. Songez-y !
Depuis huit mois, un enfant de quinze ans
à peine, seul, en cellule, sous la surveillance
d'un gardien sans instruction et sur l'hono-
rabilité duquel vous n'avez que des renseignements officiels ? Il prend quelques leçons,
soit ; mais ce professeur de Compiègne, qui
lui consacre trois ou quatre heures en toute
une semaine, que vaut-il ? Vous n'en savez
rien. D'autre part vous alléguez votre expérience. Permettez-moi de rappeler que j'ai
vécu douze années avec des écoliers, et que
je n'ignore pas tout à fait ce qu'est un garçon
de quinze ans. L'état de délabrement physique, et surtout moral, dans lequel a pu
tomber ce pauvre petit, sans qu'il y paraisse
à vos yeux, mais c'est à faire frémir ! »

— « Vous aussi ? » répliqua M. Thibault.
« Je vous croyais l'esprit plus solide », ajouta-
t-il avec un petit rire sec. « D'ailleurs, il ne
s'agit pas de Jacques en ce moment... »

— « Pour moi, il ne peut s'agir d'autre chose », interrompit l'abbé sans élever la voix. « Après ce que je viens d'apprendre, j'estime que la santé physique et morale de cet enfant court les plus grands dangers ; » il parut réfléchir, puis articula, sans hâte : « — et qu'il ne doit pas demeurer un jour de plus là où il est. »

— « Quoi ? » fit l'autre.

Il y eut un silence. C'était la seconde fois en douze heures qu'on frappait M. Thibault au point sensible. La rage le gagnait ; mais il se contint :

— « Nous en reparlerons », concéda-t-il, en se redressant.

— « Pardon, pardon », fit le prêtre, avec une vivacité inattendue. « Le moins que l'on puisse dire, c'est que vous avez agi avec une imprudence... bien coupable. » Il avait une manière ferme et douce de traîner la voix sur certains mots, sans que son visage s'animât, et de dresser en même temps son index devant ses lèvres, comme pour dire : Attention ! Ce qu'il fit en répétant : « Bien coupable... » Puis, après une pause : « Il s'agit de réparer le mal au plus tôt. »

— « Quoi ? Qu'est-ce que vous me voulez ? » cria M. Thibault, qui, cette fois, ne se retenait plus. Il tourna vers le prêtre un nez agressif : « Vais-je interrompre sans raison un traitement qui produit déjà d'excellents effets ? Reprendre chez moi ce garnement ? Pour être de nouveau à la merci de ses incartades ? Merci bien ! » Il crispait ses poings à faire craquer les jointures, et sa mâchoire serrée lui faisait une voix rauque : « En toute conscience, je dis non, non et non ! »

D'un geste calme de ses deux mains, l'abbé sembla dire : « Comme vous voudrez. »

M. Thibault, d'un coup de reins, s'était levé. Le sort de Jacques se décidait une seconde fois.

— « Mon cher abbé », reprit-il, « je vois qu'il n'y a pas à causer sérieusement avec vous ce matin, et je m'en vais. Mais laissez-moi vous dire que vous vous montez l'imagination ni plus ni moins qu'Antoine. Est-ce que j'ai l'air d'un père dénaturé ? Est-ce que je n'ai pas tout fait pour ramener cet enfant au bien, par l'affection, l'indulgence, le bon exemple, l'influence de la vie familiale ? Est-ce que je n'ai pas supporté de lui, durant des années, tout ce qu'un père peut supporter de son fils ? Et nierez-vous que toutes mes bontés soient restées sans effet ? Par bonheur j'ai compris à temps que mon devoir était autre, et, si pénible qu'il m'ait paru, je n'ai pas hésité à sévir. Vous m'approuviez alors. Le bon Dieu m'avait du reste donné quelque expérience, et j'ai toujours pensé qu'en m'inspirant l'idée de fonder à Crouy ce pavillon spécial, la Providence m'avait permis de préparer d'avance le remède à un mal personnel. N'ai-je pas su accepter courageusement cette épreuve ? Est-ce que beaucoup de pères auraient agi comme moi ? Ai-je quelque chose à me reprocher ? Grâce à Dieu, j'ai la conscience tranquille », affirma-t-il, tandis qu'une obscure protestation assourdissait légèrement sa voix. « Je souhaite à tous les pères d'avoir la conscience aussi tranquille que moi ! Et là-dessus, je m'en vais. »

Il ouvrit la porte : un sourire suffisant parut sur son visage ; son accent prit une intonation sarcastique, qui n'était pas sans saveur et sentait le terroir normand :

— « Heureusement, j'ai la tête plus solide que vous tous », fit-il.

Il avait traversé le vestibule suivi de l'abbé silencieux.

— « Allons, à bientôt, mon cher », lança-t-il avec rondeur lorsqu'il fût sur le palier.

Il se retournait pour une poignée de mains, lorsque soudain, sans autre préambule :

— « *Deux hommes montèrent au temple pour prier* », commença l'abbé d'une voix songeuse. « *L'un était pharisien et l'autre publicain. Le pharisien, se tenant debout, faisait cette prière en lui-même :* " *Mon Dieu, je vous rends grâce de ce que je ne suis pas comme le reste des hommes. Je jeûne deux fois la semaine et je distribue aux pauvres le dixième de mon bien.* " *Le publicain, de son côté, se tenant à l'écart, n'osait pas lever les yeux vers le ciel, mais se frappait la poitrine, disant :* " *Mon Dieu, ayez pitié de moi, car je ne suis qu'un pécheur* " ».

M. Thibault entr'ouvrit les paupières : il aperçut son confesseur, debout dans l'ombre du vestibule, et qui portait son index à ses lèvres :

— « *Celui-ci, je vous assure, s'en alla justifié, et non pas l'autre : car quiconque s'élève sera humilié, et quiconque s'humilie sera élevé.* »

Le gros homme reçut le choc sans sour-
ciller ; il demeurait immobile, les yeux clos.
Comme le silence se prolongeait, il hasarda
un second coup d'œil : l'abbé, sans bruit,
avait poussé le battant : M. Thibault se
trouvait seul devant la porte refermée. Il
eut un haussement d'épaules, vira sur lui-
même et s'en alla. Mais, à mi-étage il fit
halte ; son poing serrait la rampe ; sa respiration était courte ; il tirait le menton
en avant, comme un cheval qu'impatiente
le caveçon.

— « Non », murmura-t-il.

Et sans hésiter davantage, il rentra chez
lui.

Tout le jour, il s'efforça d'oublier ce qui
s'était passé. Mais, dans l'après-midi, comme
M. Chasle tardait à lui donner un dossier
dont il avait besoin, il eut un brusque
emportement, qu'il eut peine à réprimer.
Antoine était de service à l'hôpital. Le dîner
fut silencieux. Sans attendre que Gisèle eût
fini son dessert, M. Thibault plia sa serviette
et regagna son bureau.

Huit heures sonnaient. « J'aurais le temps

d'y retourner ce soir », songea-t-il en s'asseyant, bien résolu à n'en rien faire. « Il me reparlerait de Jacques. J'ai dit non, c'est non. »

« Mais qu'est-ce qu'il a voulu dire, avec son histoire de pharisien ? » se demanda-t-il pour la centième fois. Tout à coup sa lèvre inférieure se mit à trembler. M. Thibault avait toujours eu peur de la mort. Il se dressa, et par dessus les bronzes qui encombraient la cheminée, il chercha son image dans la glace. Ses traits avaient perdu cette assurance satisfaite qui avait peu à peu modelé son visage, et dont il ne se départissait jamais, fût-ce dans la solitude, fût-ce dans la prière. Un frisson le secoua. Les épaules basses, il se laissa retomber sur son siège. Il se voyait à son lit de mort et se demandait avec épouvante s'il ne s'y présenterait pas les mains vides. Il s'accrochait désespérément à l'opinion des autres sur lui : « Je suis pourtant un homme de bien? » se répétait-il ; mais le ton restait interrogatif ; il ne pouvait plus se payer de mots, il était à une de ces rares minutes où l'introspection descend jusqu'à des bas-fonds qu'elle n'a jamais éclairés encore. Les poings crispés sur les bras de son fauteuil, il se penchait sur son existence et n'y découvrait pas un acte qui fût pur. Des souvenirs lancinants surgissaient de l'oubli. L'un d'eux, plus pénible que tous les autres ensemble, l'assaillit avec une précision si brutale qu'il prit son front entre ses mains. Pour la première fois de sa vie peut-être, M. Thibault avait honte. Il connaissait enfin ce suprême dégoût de soi, si intolérable qu'aucun sacrifice ne paraît trop cher, pourvu qu'il soit une réhabilitation, qu'il achète le pardon divin, qu'il rende à l'âme désolée la paix, l'espérance du salut éternel. Ah, retrouver Dieu... Mais retrouver d'abord l'estime du prêtre, mandataire de Dieu... Oui... Ne pas vivre une heure de plus dans cet isolement maudit, sous cette réprobation...

Le grand air l'apaisa. Il prit une voiture pour arriver plus vite. L'abbé Vécard vint lui ouvrir ; sa figure, éclairée par la lampe qu'il souleva pour reconnaître le visiteur, était impassible.

— « C'est moi », fit M. Thibault ; il tendit machinalement la main, se tut et se dirigea vers le cabinet de travail. « Je ne viens pas

pour reparler de Jacques », déclara-t-il
d'emblée, dès qu'il fut assis. Et comme les
mains du prêtre ébauchaient un geste con-
ciliant : « Croyez-moi, n'y revenons plus.
Vous faites fausse route. D'ailleurs, si le
cœur vous en dit, allez à Crouy, rendez-vous
compte ; vous verrez que j'ai raison. » Puis,
avec un mélange de brusquerie et de naïveté :
« Pardonnez-moi ma mauvaise humeur de
ce matin. Vous me connaissez, je suis vif,
je ne... Mais au fond... C'est qu'aussi, pour
ce pharisien, vous avez été dur, vous savez.
Trop dur. J'ai le droit de protester, que
diable ! Voilà tout de même trente ans que
je donne aux œuvres catholiques tout mon
temps, toutes mes forces ; mieux encore,
la plus grosse partie de mes revenus. Est-ce
pour m'entendre dire, par un prêtre, par
un ami, que je... que je ne... Non, avouez,
ce n'est pas juste ! »

L'abbé regarda son pénitent : il semblait
dire : « L'orgueil éclate malgré vous dans
la moindre de vos paroles... »

Il y eut une assez longue pause.

— « Mon cher abbé », reprit M. Thibault
d'un ton mal assuré, « j'admets que je ne
sois pas tout à fait... Eh bien, oui, j'en con-

viens : trop souvent, je... Mais c'est ma
nature, pour ainsi dire... Est-ce que vous
ne savez pas comme je suis ? » Il mendiait
un peu d'indulgence. « Ah, le chemin du
salut est difficile... Vous êtes le seul à pouvoir me relever, me diriger... »

« Je vieillis, j'ai peur... », balbutia-t-il
tout à coup.

L'abbé fut remué par le changement de
cette voix. Il sentit qu'il ne devait plus
prolonger son silence, et approcha sa chaise.

— « C'est moi qui maintenant hésite... »
dit-il. « Et d'ailleurs, cher ami, que dirais-je
de plus, après que la parole sainte est entrée
si avant ? » Il se recueillit un instant. « Je
sais bien que Dieu vous a donné un poste
difficile : en travaillant pour Lui vous
acquérez de l'autorité sur les hommes, des
honneurs ; et il le faut ; mais comment ne
pas confondre un peu sa gloire avec la
vôtre ? Et comment ne pas céder à la tentation de préférer peu à peu la vôtre à la
sienne ? Je sais bien... »

M. Thibault avait ouvert les yeux et il
ne les refermait plus ; son regard pâle avait
une expression effrayée, et en même temps
puérile, innocente.

— « Mais pourtant ! » continua l'abbé.
« *Ad majorem Dei gloriam.* Cela seul importe,
et tout le reste n'est pas bien. Vous êtes,
mon cher ami, de la race des forts, c'est-à-
dire des orgueilleux. Je sais combien il est
malaisé de la tenir courbée dans le bon sens,
cette force d'orgueil ! Combien il est difficile
de ne pas vivre pour soi, de ne pas oublier
Dieu, lors même que l'on est tout occupé
d'œuvres pies ! De ne pas être parmi ceux
dont Notre-Seigneur a si tristement dit un
jour : " *Ce peuple m'honore des lèvres, mais
leur cœur est bien éloigné de moi !* " »

— « Ah », dit M. Thibault avec exaltation, sans baisser la tête, « c'est terrible...
Je suis même seul à savoir jusqu'à quel
point c'est terrible ! »

Il éprouvait un apaisement délicieux à
s'humilier ; il sentait confusément que
c'était par là qu'il pourrait reconquérir le
prêtre, et sans rien avoir à céder sur la question du pénitencier. Une force le poussait
à faire davantage encore, à surprendre l'abbé
par la profondeur de sa foi, par l'étalage
d'une générosité inattendue : forcer sa considération, à n'importe quel prix.

— « L'abbé ! » fit-il soudain, et son regard

eut un instant cette expression fatale que prenait fréquemment celui d'Antoine. « Si jusqu'ici je n'ai été qu'un pauvre orgueilleux, est-ce que Dieu ne m'offre pas justement aujourd'hui une occasion de... de réparer ? » Il hésita et parut lutter contre lui-même. Il luttait, en effet. L'abbé lui vit esquisser avec le gras du pouce un rapide signe de croix sur son gilet, à la place du cœur. « Je veux dire cette candidature, vous comprenez ? Il y aurait bien vraiment sacrifice, et sacrifice d'orgueil, puisque vous m'avez annoncé ce matin que l'élection était certaine. Eh bien, je... Tenez, il y a encore de la vanité là-dedans : est-ce que je ne devrais pas me taire et faire ça sans en parler, même à vous ? Mais tant pis. Eh bien, l'abbé : je fais le serment de retirer demain et pour toujours ma candidature à l'Institut. »

L'abbé fit un geste des mains que M. Thibault ne vit pas, car il s'était tourné vers le crucifix suspendu à la muraille.

— « Mon Dieu », murmura-t-il, « ayez pitié de moi car je ne suis qu'un pécheur. »

Il mit dans ce mouvement un reste de suffisance qu'il ne soupçonnait pas lui-

même ; l'orgueil a de telles racines, qu'au
moment du plus fervent repentir, c'était
avec une prodigieuse jouissance d'orgueil
qu'il savourait son humilité. L'abbé l'enveloppa d'un regard pénétrant : jusqu'à quel
point cet homme pouvait-il être sincère ?
Pourtant, à cette minute, la face de M. Thibault rayonnait de renoncement et de mys-
ticité, au point que l'on n'en apercevait
plus les bouffissures ni les rides, au point
que cette figure de vieillard avait la candeur
d'un visage d'enfant. Le prêtre en fut
bouleversé. Il eut honte de la satisfaction
mesquine qu'il avait prise, dans la matinée,
à confondre le gros publicain. Les rôles se
renversaient. Il fit un retour vers sa propre
vie. Était-ce bien pour la seule gloire de
Dieu qu'il avait quitté avec tant d'empressement ses élèves, qu'il avait brigué, à l'archevêché, cette place près du soleil ? Et
ne tirait-il pas chaque jour un coupable
plaisir personnel à exercer cette finesse de
diplomate qu'il avait mise au service de
l'Église ?

— « En toute conscience, est-ce que vous
croyez que Dieu me pardonnera ? »

Cette voix anxieuse rappela l'abbé Vécard

à sa fonction de directeur spirituel. Il joignit les mains sous son menton, inclina la tête et sourit avec effort.

— « Je vous ai laissé aller jusqu'au bout », fit-il. « Je vous ai laissé boire le calice. Et je suis bien sûr que la miséricorde divine vous tiendra compte de cette heure-ci. Mais », ajouta-t-il en levant son index, « l'intention suffit ; et votre vrai devoir n'est pas d'aller jusqu'au bout du sacrifice. Ne protestez pas. C'est moi, votre confesseur, qui vous délie de votre engagement. En vérité, votre renoncement serait moins utile à la gloire de Dieu que ne sera votre élection. Votre situation de famille, de fortune, a des exigences que vous ne devez pas méconnaître. Ce titre de membre de l'Institut vous conférera parmi ces grands républicains d'extrême-droite, qui sont la sauvegarde de notre pays, une autorité nouvelle et que nous estimons nécessaire à la bonne cause. Vous avez de tous temps su mettre votre vie sous la tutelle de l'Église. Eh bien, laissez-la, une fois de plus, par mon ministère, vous indiquer le chemin. Dieu refuse votre sacrifice, mon cher ami : si dur que cela soit, inclinez-vous. *Gloria in excelsis !*

*Gloire à Dieu au plus haut des cieux, et paix
sur la terre aux hommes de bonne volonté !* »

L'abbé, tout en parlant, voyait les traits
de M. Thibault se rassembler et reprendre
peu à peu leur équilibre ancien. Lorsqu'il
eût terminé, le gros homme avait rebaissé
les paupières, et il n'était plus possible de
lire ce qui se passait en lui. Le prêtre, en
lui rendant ce fauteuil, ambition de vingt
ans, lui avait rendu la vie. Mais il demeurait
encore amolli par le formidable effort qu'il
avait fait sur sa nature, et pénétré d'une
gratitude surhumaine. Ils eurent ensemble
la même pensée : le prêtre, courbant le
front, commença de réciter à mi-voix une
prière d'action de grâces. Lorsqu'il releva
la tête, M. Thibault s'était laissé glisser à
genoux ; sa face d'aveugle, levée vers le
ciel, était éclairée de joie ; un balbutiement
agitait ses lèvres mouillées ; et sur le bureau,
ses deux mains velues, si bouffies qu'on les
eût dit piquées par des guêpes, enchevêtraient leurs doigts avec une ferveur tou-
chante. Pourquoi cet édifiant spectacle fut-il
soudain insupportable aux yeux de l'abbé ?
A tel point qu'il ne put se retenir d'avancer
le bras, jusqu'à heurter presque son péni-

tent ? Il corrigea aussitôt son geste, et mit affectueusement sa main sur l'épaule de M. Thibault, qui se releva pesamment.

— « Tout n'est pas encore dit », fit alors le prêtre, avec cette inflexible douceur qui lui était particulière. « Vous devez prendre une décision au sujet de Jacques. »

M. Thibault eut un redressement de tout le corps.

L'abbé s'assit.

— « Ne soyez pas comme ceux qui se croient quittes parce qu'ils ont fait face à un devoir difficile, et négligent le devoir immédiat, celui qui est tout près d'eux. Même si l'épreuve à laquelle vous avez soumis cet enfant n'est pas aussi préjudiciable que je puis le craindre, ne la prolongez pas. Songez au serviteur qui enfouit le talent que son Maître lui a confié. Allons, mon ami, ne partez pas d'ici sans avoir pris conscience de votre responsabilité entière. »

M. Thibault restait debout et secouait la tête, mais sa physionomie n'avait plus la même obstination. L'abbé se leva.

— « Le difficile », murmura-t-il, « c'est de ne pas avoir l'air de céder à Antoine. » Il vit qu'il avait touché juste, fit quelques

pas, et, tout à coup sur un ton dégagé :
« Savez-vous ce que je ferais à votre place ;
mon cher ami ? Je lui dirais : " Tu veux que
ton frère quitte le pénitencier ? Oui ? Tu
y tiens toujours ? Eh bien, je te prends
au mot, va le chercher : mais garde-le. Tu
as voulu qu'il revienne : occupe-toi de lui ! " »

M. Thibault ne bougea pas. L'abbé reprit :
— « J'irais même plus loin encore ! Je lui
dirais : " Je ne veux pas de Jacques à la
maison. Arrange-toi comme tu voudras. Tu
as toujours l'air de penser que nous ne
savons pas le prendre. Eh bien, essaye donc,
toi ! " Et je lui mettrais son frère sur les bras.
Je les installerais quelque part, tous les deux,
— à proximité de chez vous, bien entendu,
pour qu'ils puissent prendre leurs repas
avec vous ; mais j'abandonnerais à Antoine
la direction complète de son frère. Ne vous
récriez pas, mon cher ami », ajouta-t-il,
bien que M. Thibault n'eût pas fait un geste,
« attendez, laissez-moi finir : mon idée n'est
pas aussi chimérique qu'elle paraît... »

Il revint à son bureau et s'assit, les coudes
sur la table :
— « Suivez-moi bien », dit-il.
« Primo : Il y a fort à parier que Jacques

supportera mieux l'autorité de son aîné que la vôtre, et je ne suis pas éloigné de croire qu'en jouissant d'une plus grande liberté, il cessera d'avoir cet esprit de résistance et d'indiscipline que nous lui avons connu autrefois.

« Secundo : Pour Antoine, son sérieux vous offre toutes les garanties. Pris au mot, je suis convaincu qu'il ne refusera pas ce moyen de délivrer son frère. Et quant à ces fâcheuses tendances que nous déplorions ce matin, une petite cause peut avoir de grands effets : j'estime qu'en lui imposant ainsi charge d'âme vous lui donneriez le meilleur des contrepoids, et vous le ramèneriez infailliblement à une conception moins... anarchiste de la société, de la morale, de la religion.

« Tertio : Votre autorité paternelle, mise ainsi à l'abri des frottements quotidiens qui l'usent et la dispersent, garderait tout son prestige pour exercer de haut sur vos deux fils, cette direction générale, qui est son apanage, et, comme dire ? sa principale utilité.

« Enfin », — et le ton devint confidentiel, — « je vous avoue qu'au moment de votre élection, il me paraît désirable que Jacques ait quitté Crouy, et qu'il ne puisse plus être question de cette affaire. La notoriété attire toutes sortes d'interviews et d'enquêtes ; vous serez en butte aux indiscrétions de la presse... Considération tout à fait secondaire, je sais ; mais enfin... »

M. Thibault laissa échapper un coup d'œil qui trahissait l'inquiétude. Sans qu'il se l'avouât à lui-même, cette levée d'écrou libérait sa conscience, et la combinaison de l'abbé n'avait que des avantages, puisqu'elle sauvegardait son amour-propre vis-à-vis d'Antoine, et rendait à Jacques une situation régulière, sans que M. Thibault eût à s'occuper de l'enfant.

— « Si j'étais sûr », finit-il par dire, « que ce garnement, une fois relâché, ne nous attirera pas de nouveaux scandales... »

La partie, cette fois, était gagnée.

L'abbé s'engagea à exercer un contrôle discret sur l'existence des deux enfants, au moins pendant les premiers mois. Puis il accepta de venir dîner le lendemain rue de l'Université, et de prendre part à l'entretien que le père voulait avoir avec son aîné.

M. Thibault se leva pour partir. Il s'en

allait avec une âme légère, remise à neuf.
Pourtant, lorsqu'il serra avec effusion les
mains de son confesseur, un doute l'effleura
de nouveau.

— « Que le Bon Dieu me pardonne d'être
comme je suis », fit-il piteusement.

L'autre l'enveloppa d'un regard heureux :

— « *Qui d'entre vous* », murmura-t-il,
« *ayant cent brebis, s'il en perd une, ne laisse
pas les quatre-vingt-dix-neuf autres dans le
désert, et ne va pas chercher celle qui s'est
perdue, jusqu'à ce qu'il la trouve ?* » Et levant
le doigt avec un sourire fugitif : « *Je vous
dis qu'il y aura plus de joie dans le ciel pour
un pécheur qui fait pénitence...* »

VI

Un matin, il était neuf heures à peine,
la concierge de l'avenue de l'Observatoire
fit demander Mme de Fontanin. En bas
une « personne » désirait la voir, mais qui
ne voulait ni monter à l'appartement, ni
donner son nom.

— « Une personne ? Une femme ? »

— « Une jeune fille ».

Mme de Fontanin eut un mouvement de
recul. Une aventure de Jérôme sans doute.
Un chantage ?

— « Et si jeune ! » ajouta la concierge :
« Une enfant. »

— « J'y vais. »

Une enfant, en effet, qui se dissimulait
dans l'ombre de la loge, qui leva enfin la
tête...

— « Nicole ? » s'écria Mme de Fontanin,
en reconnaissant la fille de Noémie Petit-

Dutreuil. Nicole fut sur le point de se jeter dans les bras de sa tante, mais elle réprima cet élan. Elle avait le teint gris, le visage défait. elle ne pleurait pas : elle tenait ses yeux grands ouverts et ses sourcils levés ; elle semblait surexcitée, résolue, et tout à fait maîtresse d'elle-même.

— « Tante, je voudrais vous parler. »

— « Viens. »

— « Pas là-haut. »

— « Pourquoi ? »

— « Non, pas là-haut. »

— « Mais pourquoi ? Je suis toute seule. » Elle devina que Nicole hésitait : « Daniel est au lycée, Jenny à son cours de piano : je te dis que je suis seule jusqu'au déjeuner. Allons, viens. »

Nicole la suivit, sans une parole. Mme de Fontanin la fit entrer dans sa chambre.

— « Qu'est-ce qu'il y a ? » Elle ne pouvait dissimuler sa méfiance : « Qui t'envoie ? D'où viens-tu ? »

Nicole la regardait sans baisser les yeux ; ses cils battirent :

— « Je me suis sauvée. »

— « Ah... », fit Mme de Fontanin, avec une expression de souffrance. Elle se sentait soulagée, cependant. « Et c'est ici que tu es venue ? »

Nicole fit un mouvement d'épaules qui semblait dire : « Où aller ? Je n'ai personne. »

— « Assieds-toi, ma chérie. Voyons... Tu as l'air bien fatiguée. Tu n'as pas faim ? »

— « Un peu. » Elle souriait pour s'excuser.

— « Mais pourquoi ne le dis-tu pas ! » s'écria Mme de Fontanin, en entraînant Nicole dans la salle à manger. Quand elle vit comment la petite mordait dans son pain beurré, elle tira du buffet un reste de viande froide et des confitures. Nicole mangeait, sans rien dire, honteuse de son appétit, incapable de le masquer. Le sang montait à ses joues. Elle but coup sur coup deux tasses de thé.

— « Depuis quand n'avais-tu rien mangé ? » demanda Mme de Fontanin, dont le visage était plus bouleversé que celui de l'enfant, « Tu as froid ? ».

— « Non. »

— « Mais si, tu frissonnes. »

Nicole fit un geste d'impatience : elle s'en voulait de ne pas pouvoir cacher ses faiblesses.

— « J'ai voyagé toute la nuit, c'est ça qui donne un peu froid... »

— « Voyagé ? D'où viens-tu donc ? »

— « De Bruxelles. »

— « De Bruxelles, mon Dieu ! Et seule ? »

— « Oui », articula la jeune fille. Son accent suffisait à prouver la fermeté de sa détermination. Mme de Fontanin saisit sa main.

— « Tu es gelée. Viens dans ma chambre. Veux-tu te coucher, dormir ? Tu m'expliqueras plus tard. »

— « Non, non, tout de suite. Pendant que nous sommes seules. D'ailleurs je n'ai pas sommeil. Je vous assure, laissez-moi. »

On était encore au début d'avril. Mme de Fontanin alluma le feu, enveloppa la fugitive dans un châle et l'assit de force près de la cheminée. L'enfant résistait, puis cédait, agacée, avec deux yeux brillants et fixes, qui ne voulaient pas s'attendrir. Elle consultait la pendule ; elle avait hâte de parler, et maintenant qu'elle était installée, ne se décidait pas à le faire. Sa tante, pour ne pas accroître son malaise, évitait de la regarder. Quelques minutes s'écoulèrent ; Nicole ne commençait pas.

— « Quoi que tu aies fait, chérie », dit alors Mme de Fontanin, « personne ici ne te demandera rien. Garde ton secret, si tu veux. Je te sais gré d'avoir pensé à venir près de nous. Tu es ici comme une enfant de la maison. »

Nicole se redressa. Est-ce qu'on la soupçonnait d'avoir commis quelque faute pénible à confesser ? Dans le mouvement qu'elle fit, le châle glissa de ses épaules, et découvrit un buste, plein de santé, qui contrastait avec son visage maigri et l'extrême jeunesse de ses traits.

— « Au contraire », dit-elle, avec un regard flamboyant, « je veux tout dire. » Et aussitôt elle commença avec une sorte de sécheresse provoquante : « Ma tante... Le jour où vous êtes venue rue de Monceau... »

— « Ah », fit Mme de Fontanin ; et, de nouveau, sa figure prit une expression de souffrance.

— « ...j'ai tout entendu », acheva Nicole, très vite, en battant des paupières.

Il y eut un silence.

— « Je le savais, ma chérie. »

La petite étouffa un sanglot, et plongea

146

son visage entre ses mains, comme si elle
fondait en larmes. Mais elle releva la tête
presqu'aussitôt ; ses yeux étaient secs et
ses lèvres serrées, ce qui changeait son
expression habituelle et jusqu'au son de
sa voix :

— « Ne *la* jugez pas mal, tante Thérèse !
Elle est très malheureuse, vous savez... Vous
ne me croyez pas ? »

— « Si », répondit Mme de Fontanin.
Une question lui brûlait les lèvres ; elle
regarda la jeune fille avec un calme qui ne
pouvait tromper personne : « Est-ce que,
là-bas, il y a aussi... ton oncle Jérôme ? »

— « Oui. » Elle ajouta, après une pause,
en levant les sourcils : « C'est même lui qui
m'a donné l'idée de me sauver... de venir
ici... »

— « Lui ? »

— « Non, c'est-à-dire... Pendant ces huit
jours, il est venu chaque matin. Il me donnait
un peu d'argent pour que je puisse vivre,
puisque j'étais restée là, toute seule. Et
avant-hier, il m'a dit : " Si une âme charitable pouvait te prendre chez elle, tu serais
mieux qu'ici. " Il a dit " une âme charitable ".
Mais j'ai tout de suite pensé à vous, tante

Thérèse. Et je suis sûre que lui aussi il y pensait. Vous ne croyez pas ? »

— « Peut-être... », murmura Mme de Fontanin. Elle éprouvait soudain un tel sentiment de bonheur qu'elle faillit sourire. Elle se hâta de parler.

— « Mais, comment étais-tu seule ? Où donc étais-tu ? »

— « Chez nous. »

— « A Bruxelles ? »

— « Oui. »

— « Je ne savais pas que ta maman s'était installée à Bruxelles. »

— « Il a bien fallu, à la fin de novembre. Tout était saisi rue de Monceau. Maman n'a pas de chance, toujours des ennuis, des huissiers qui réclament de l'argent. Mais maintenant on a payé les dettes, elle pourra revenir. »

Mme de Fontanin leva les yeux. Elle voulut demander : « Qui, *on* ? » Son regard posait si nettement la question, qu'elle lut la réponse sur les lèvres de l'enfant. De nouveau, elle ne put se retenir :

— « Et... il est parti en novembre, avec elle ? »

Nicole ne répondit pas. La voix de tante

148

Thérèse avait tremblé si douloureusement !

— « Tante », dit-elle enfin, avec effort, « il ne faut pas m'en vouloir, je ne veux rien vous cacher, mais c'est difficile d'expliquer tout, comme ça, en une fois. Vous connaissez M. Arvelde ? »

— « Non. Qui est-ce ? »

— « Un grand violoniste de Paris, qui me donnait des leçons Oh, un grand, grand artiste : il joue dans les concerts. »

— « Eh bien ? »

— « Il habitait Paris, mais il est belge. C'est pour ça, quand il a fallu se sauver, il nous a emmenées en Belgique. Il a une maison à lui, à Bruxelles, où on s'est installé. »

— « Avec lui ? »

— « Oui ». Elle avait compris la question et ne s'y dérobait pas ; elle semblait même prendre un sauvage plaisir à surmonter toute réticence. Mais elle n'osa plus rien dire et se tut.

Mme de Fontanin reprit, après une pause assez longue :

— « Mais, où étais-tu ces derniers jours, quand tu étais seule et que l'oncle Jérôme venait te voir ? »

— « Là. »

— « Chez ce monsieur ? »

— « Oui. »

— « Et... ton oncle y venait ? »

— « Bien sûr. »

— « Mais comment te trouvais-tu seule ? » continua Mme de Fontanin sans se départir de sa douceur.

— « Parce que M. Raoul fait une tournée en ce moment, à Lucerne, à Genève. »

— « Qui ça, Raoul ? »

— « M. Arvelde. »

— « Et ta maman t'avait laissée seule à Bruxelles, pour aller avec lui en Suisse ? » L'enfant eut un geste si désespéré que Mme de Fontanin rougit. « Chérie, je te demande pardon », balbutia-t-elle. « Ne parle plus de tout ça. Tu es venue, c'est bien. Reste auprès de nous. »

Mais Nicole secoua violemment la tête :

— « Non, non, c'est presque fini. » Elle fit une forte aspiration, et tout d'un trait : « Écoutez, tante : M. Arvelde, lui, il est en Suisse. Mais sans maman. Parce qu'il avait obtenu pour maman un engagement dans un théâtre de Bruxelles, pour chanter un rôle d'opérette, à cause de sa voix, qu'il lui a fait travailler. Même qu'elle a eu un grand, grand succès dans les journaux ; j'en ai des coupures dans ma poche, que vous pourrez voir. » Elle s'arrêta, ne sachant plus où elle en était : « Alors », reprit-elle avec un regard étrange, « c'est justement parce que M. Raoul partait en Suisse que l'oncle Jérome est venu. Mais trop tard. Quand il est arrivé, maman n'était plus là. Un soir, elle m'a embrassée... Non », fit-elle en baissant la voix et en fronçant durement les sourcils, « elle m'a presque battue parce qu'elle ne savait plus que faire de moi. » Elle releva la tête et se contraignit à sourire : « Oh, elle ne m'en voulait pas pour de vrai, au contraire. » Son sourire s'étrangla dans sa gorge. « Elle était si malheureuse, tante Thérèse, vous ne pouvez pas savoir : il fallait bien qu'elle parte, puisque quelqu'un l'attendait en bas. Et elle savait que l'oncle Jérôme allait arriver, parce qu'il était déjà plusieurs fois venu nous voir, il faisait même de la musique avec M. Raoul ; mais la dernière fois il avait dit qu'il ne reviendrait plus tant que M. Arvelde serait là. Alors, avant de partir, maman m'a dit de dire à l'oncle Jérôme qu'elle était partie pour

151

longtemps, qu'elle me laissait, et qu'il s'occupe de moi. Ça, je suis sûre qu'il l'aurait
fait, mais je n'ai pas osé le lui dire, quand
je l'ai vu arriver. Il était en colère, j'ai eu
peur qu'il ne parte à leur poursuite ; alors
je lui ai menti exprès : je lui ai dit que
maman allait revenir le lendemain ; et tous
les jours je lui disais que je l'attendais. Lui,
il la cherchait partout, il la croyait encore à
Bruxelles. Mais moi, tout ça était trop, je
ne voulais plus rester ; d'abord, parce que
le domestique de M. Raoul, je le déteste ! »
Elle frissonna. « C'est un homme, tante Thérèse, qui a des yeux !... Je le déteste ! Alors,
le jour où l'oncle Jérôme m'a parlé de l'âme
charitable, tout d'un coup je me suis décidée.
Et hier matin, dès qu'il m'a eu donné un
peu d'argent, je suis sorti pour que le domestique ne me le prenne pas, je me suis cachée
dans les églises jusqu'au soir, et j'ai pris
le train omnibus de nuit. »

Elle avait parlé vite, le front baissé. Quand
elle redressa la tête, le visage si doux de
Mme de Fontanin exprimait une telle révolte,
une telle sévérité, que Nicole joignit les
mains :

— « Tante Thérèse, ne jugez pas mal

maman, je vous assure que rien de tout ça n'est sa faute. Moi non plus je ne suis pas toujours gentille, et je suis tellement gênante pour elle, ça se comprend ! Mais je suis grande maintenant, je ne peux plus vivre comme ça. Non, je ne peux plus », reprit-elle en serrant les lèvres. « Je veux travailler, gagner ma vie, ne plus être à la charge de personne. Voilà pourquoi je suis venue, tante Thérèse. Je n'ai que vous. Comment voulez-vous que je fasse ? Aidez-moi seulement quelques jours, tante Thérèse ? Vous seule pouvez m'aider. »

Mme de Fontanin était trop émue pour répondre. Eût-elle jamais cru que cette enfant lui deviendrait un jour si chère ? Elle la considérait avec une tendresse dont elle savourait elle-même la douceur, et qui calmait ses propres souffrances. Moins jolie qu'autrefois peut-être ; la bouche abîmée par une éruption de petits boutons de fièvre ; mais ses yeux ! des yeux d'un gris bleu assez foncé, et qui étaient presque trop vastes, trop ronds... Quelle loyauté, quel courage, dans leur limpidité !

Lorsqu'elle put sourire :

— « Ma chérie », dit-elle en se penchant,

« je t'ai compris, je respecte ta décision, je te promets de t'aider. Mais pour l'instant tu vas t'installer ici, près de nous : c'est de repos que tu as besoin. » Elle disait « repos », et son regard disait « affection ». Nicole ne s'y méprit pas ; mais elle refusait encore de s'attendrir :

— « Je veux travailler, je ne veux plus être à charge. »

— « Et si ta maman revient te chercher ? »

Le regard transparent se troubla et prit soudain une incroyable dureté.

— « Ça, jamais plus ! » fit-elle, d'une voix rauque.

Mme de Fontanin n'eut pas l'air d'avoir entendu. Elle dit seulement :

— « Moi, je te garderais volontiers avec nous... toujours. »

La jeune fille se leva, parut chanceler, et, tout à coup, se laissant glisser, vint poser sa tête sur les genoux de sa tante. Mme de Fontanin caressait la joue de l'enfant, et songeait à certaines questions qu'il fallait bien qu'elle abordât encore :

— « Tu as vu bien des choses, mon enfant, que tu n'aurais pa. dû voir à ton âge... », hasarda-t-elle.

Nicole voulut se redresser, mais elle l'en empêcha. Elle ne voulait pas que l'enfant la vit rougir. Elle maintenait le front de la jeune fille sur son genou, et enroulait distraitement une mèche de cheveux blonds autour de son doigt, cherchant ses mots :

— « Tu as deviné bien des choses... Des choses qui doivent rester... secrètes... Tu me comprends ? » Elle penchait maintenant ses yeux sur ceux de Nicole, qui eurent une lueur rapide.

— « Oh, tante Thérèse, soyez sûre... Personne... Personne ! Ils ne comprendraient pas, ils accuseraient maman. »

Elle désirait cacher la conduite de sa mère presqu'autant que Mme de Fontanin tenait à cacher celle de Jérôme à ses enfants. Complicité inattendue, qui s'affirma soudain, lorsque Nicole, après avoir réfléchi, se releva, le visage animé :

— « Écoutez, tante Thérèse. Voilà ce qu'il faudra leur dire : Que maman a été obligée de gagner sa vie, et qu'elle a trouvé une place à l'étranger. En Angleterre, par exemple... Une place qui l'empêcherait de m'emmener... Tenez, une place d'institutrice, voulez-vous ? » Elle ajouta, avec un sourire d'enfant : « Et puisque maman est partie, il n'y aura rien d'étonnant à ce que je sois triste, n'est-ce pas ? »

VII

Le vieux beau du rez-de-chaussée déménageait le 15 avril.

Le 16 au matin, Mlle de Waize, précédée des deux bonnes, de Mme Fruhling, la concierge, et d'un homme de peine, vint prendre possession de la garçonnière. Le vieux beau ne jouissait pas d'une bonne réputation dans l'immeuble, et Mademoiselle, serrant contre son buste sa pélerine de mérinos noir, attendit pour franchir le seuil que toutes les fenêtres eussent été ouvertes. Alors elle pénétra dans l'antichambre, fit, en trottinant, le tour des pièces, puis, à demi-rassurée par l'innocente nudité des murs, elle organisa le nettoyage comme s'il se fut agi d'un exorcisme.

La vieille demoiselle avait, à la surprise d'Antoine, accepté presque sans objection l'idée d'installer les deux frères hors du foyer paternel, bien qu'un tel projet dût

troubler ses traditions domestiques et bou-
leverser sa conception de la famille et de
l'éducation. Antoine s'expliqua l'attitude de
Mademoiselle par la joie que lui apportait
le retour de Jacques, et par le respect qu'elle
portait aux décisions de M. Thibault, surtout
lorsqu'elles étaient sanctionnées par l'abbé
Vécard. Mais, à la vérité, l'empressement de
Mademoiselle avait une autre cause : le soulagement qu'elle éprouvait à voir Antoine
quitter l'appartement. Depuis qu'elle avait
recueilli Gise, la pauvre demoiselle vivait
dans la terreur des contagions. N'avait-elle
pas, un printemps, tenu Gise emprisonnée
pendant six semaines dans sa chambre,
n'osant pas lui laisser prendre l'air ailleurs
que sur le balcon, et retardant le départ de
toute la famille pour Maisons-Laffitte, parce
que la petite Lisbeth Fruhling, une nièce
de la concierge, avait attrapé la coqueluche,
et qu'il eût fallu passer devant la loge pour
sortir de la maison ? Il va sans dire qu'Antoine, avec son relent d'hôpital, ses trousses
et ses livres, lui semblait un danger perma-
nent. Elle l'avait supplié de ne jamais
prendre Gise sur ses genoux. Si, par inad-
vertance, il jetait, en rentrant, son paletot

sur une chaise du vestibule au lieu de le porter chez lui, ou s'il arrivait en retard et se mettait à table sans aller se laver les mains, bien qu'elle sût qu'il ne portait pas de pardessus pour soigner ses malades, et qu'il ne quittait pas l'hôpital sans passer par le lavabo, elle ne mangeait plus, oppressée par ses craintes, et, sitôt le dessert, elle emmenait Gise dans sa chambre pour lui infliger un lavage antiseptique de la gorge et du nez. Installer Antoine au rez-de-chaussée, c'était créer entre Gisèle et lui une zône protectrice de deux étages et réduire autant que possible les risques quotidiens de contagion. Elle mit donc une intelligence particulière à organiser le lazaret du pestiféré. En trois jours le logement fut gratté, lavé, tapissé, garni de rideaux et de meubles.

Jacques pouvait venir.

Dès qu'elle pensait à lui, son activité redoublait ; ou bien elle cessait une seconde son travail, fixant, de ses yeux languides le cher visage qu'elle évoquait. Sa tendresse pour Gise n'avait en rien dépossédé Jacques. Elle l'aimait depuis sa naissance, elle l'aimait de plus loin encore, puisqu'elle avait aimé et élevé avant lui, cette mère qu'il n'avait pas connue, et qu'elle avait remplacée dès le berceau. C'est entre ses deux bras écartés, qu'un soir, trébuchant sur le tapis du couloir, Jacques avait fait vers elle son premier pas ; et quatorze ans de suite, elle avait tremblé pour lui, comme elle tremblait maintenant pour Gisèle. Tant d'amour, et une incompréhension totale. Cet enfant qu'elle ne quittait presque pas des yeux restait pour elle une énigme. Certains jours elle se désespérait d'élever un monstre, et pleurait en songeant à l'enfance de Mme Thibault, qui était douce comme un Jésus. Elle ne se demandait pas de qui Jacques pouvait tenir sa violence, et n'accusait que le Diable. Mais, à d'autres jours, un de ces gestes inattendus, subits, excessifs, où s'épanouissait soudain le cœur de l'enfant, l'attendrissait, et la faisait pleurer encore, mais de joie. Elle n'avait jamais pu s'habituer à son absence. Elle n'avait rien compris à son départ ; mais elle voulait que son retour fût une fête, et que cette nouvelle chambre contînt tout ce qu'il aimait. Antoine avait dû s'opposer à ce qu'elle encombrât d'avance les placards de tous les jouets d'autrefois. Elle avait fait descendre, de sa chambre à

elle, ce fauteuil qu'il aimait, dans lequel il
venait toujours s'asseoir lorsqu'il boudait ;
et, sur le conseil d'Antoine, elle avait rem-
placé l'ancien lit de Jacques par un canapé-
lit tout neuf, qui, replié dans le jour, donnait
à la pièce la gravité d'un cabinet de travail.

Gisèle, délaissée depuis deux jours, enfermée dans sa chambre avec des devoirs à
faire, ne pouvait fixer son attention sur ses
cahiers. Elle mourait d'envie de voir ce qui
se faisait en bas. Elle savait que son Jacquot
allait revenir, que tout ce branle-bas avait
lieu à cause de lui ; et, pour calmer ses nerfs,
elle tournait en rond dans sa prison.

Le troisième matin, le supplice devint
intolérable et la tentation fut si forte, qu'à
midi, voyant que sa tante ne remontait pas,
sans réfléchir davantage, elle s'échappa et
descendit l'escalier quatre à quatre. Justement Antoine rentrait. Elle éclata de rire.
Il avait le don de provoquer chez elle, dès
qu'il la regardait d'une certaine façon imper-
turbable et féroce, d'irrésistibles fous-rires
qui se prolongeaient d'autant qu'Antoine
conservait plus longtemps son sérieux, et

qui les faisaient gronder l'un et l'autre par
Mademoiselle. Mais là, ils étaient seuls, et
ils en profitèrent :

— « Pourquoi ris-tu ? » fit-il enfin en lui
saisissant les poignets. Elle se débattait et
continuait de plus belle. Puis elle s'arrêta
tout à coup.

— « Il faut que je me corrige de rire
comme ça, tu comprends, sans quoi je ne
pourrai jamais me marier. »

— « Tu veux donc te marier ? »

— « Oui », dit-elle, en levant vers lui ses
bons yeux de chien. Il regardait son petit
corps potelé de sauvageonne, et songeait
pour la première fois que cette gamine de
onze ans deviendrait femme, se marierait.
Il lâcha ses poignets.

— « Où courais-tu, seule, nu-tête, sans
même un châle ? On va déjeuner. »

— « Je cherche tante. J'ai un problème
que je ne comprends pas... » fit-elle, en
minaudant un peu. Elle avait rougi et montrait du doigt, dans l'ombre de l'escalier, la
porte mystérieuse de la garçonnière, par
où filtrait un rayon de lumière. Ses yeux
brillaient.

— « Tu as envie d'entrer là ? »

Elle prononça « oui » en remuant ses lèvres rouges, sans proférer un son.

— « Tu vas te faire gronder ! »

Elle hésita et lui jeta un regard hardi, pour voir s'il plaisantait. Enfin elle déclara :

— « Mais non ! D'abord, ça n'est pas un péché. »

Antoine sourit ; c'était bien ainsi que Mademoiselle distinguait le bien et le mal. Il se demanda ce que valait pour l'enfant l'influence de la vieille demoiselle ; un coup d'œil sur Gise le rassura : c'était une plante saine qui se développerait n'importe où, échapperait à toutes les tutelles.

Gisèle ne quittait pas des yeux la porte entrebâillée.

— « Eh bien, entre », fit Antoine.

Elle étouffa un cri de joie et se glissa comme une souris dans l'intérieur.

Mademoiselle était seule. Grimpée sur le canapé-lit et se dressant sur ses pointes, elle achevait de suspendre au mur le christ qu'elle avait donné à Jacques pour sa première communion, et qui devait continuer à protéger le sommeil de son enfant. Elle était gaie, heureuse, jeune, et chantonnait en travaillant. Elle reconnut le pas d'Antoine

dans l'antichambre et songea qu'elle avait
oublié l'heure. Pendant ce temps Gisèle avait
fait le tour des autres pièces, et, incapable
de contenir sa joie, s'était mis à danser en
battant des mains.

— « Dieu bon ! » murmura Mademoiselle
en sautant à terre. Dans une glace elle
aperçut, les cheveux flottant au vent des
fenêtres ouvertes, sa nièce qui bondissait
sur place comme un chevreau, en glapissant
à tue-tête :

— « Vive les courants d'air-rrr-e !
« Vive les courants d'air-rrr-e ! »

Elle ne comprit pas, ne chercha pas à
comprendre. L'idée que la fillette avait pu
être amenée là par la désobéissance ne lui
vint même pas à l'esprit ; elle avait depuis
soixante-six ans l'habitude de se plier aux
jeux de la fatalité. Mais, en un clin d'œil,
elle dégrafa sa pélerine, se précipita sur
l'enfant, l'enveloppa tant bien que mal
dans la capuche, et, l'entraînant sans un
mot de reproche, lui fit remonter les deux
étages plus vite que la petite ne les avait
descendus. Elle ne reprit sa respiration
qu'après avoir couché Gise sous une couver-

ture et lui avoir fait boire un bol d'infusion bouillante.

Il faut dire que ses craintes n'étaient pas totalement dépourvues de fondement. La mère de Gisèle, une malgache que le commandant de Waize avait épousée à Tamatave où il était en garnison, était morte de tuberculose pulmonaire, moins d'un an après la naissance de l'enfant ; et deux ans plus tard, le commandant lui-même avait succombé à une maladie lente, mal déterminée, et qu'on pensa lui avoir été transmise par sa femme. Depuis que, seule parente de l'orpheline, Mademoiselle l'avait fait revenir de Madagascar et l'avait prise à sa charge, la menace de cette hérédité ne cessait de la hanter, bien que l'enfant n'eût jamais eu le moindre rhume inquiétant, et que sa solide constitution fût périodiquement reconnue et confirmée par tous les médecins et spécialistes qui l'examinaient chaque année.

Le vote de l'Institut devait avoir lieu dans la quinzaine, et M. Thibault semblait pressé de voir revenir Jacques. Il fut convenu que M. Faîsme se chargerait de le ramener à Paris le dimanche suivant.

La veille, le samedi soir, Antoine quitta l'hôpital à sept heures, se fit servir à dîner dans un restaurant voisin pour n'avoir pas à prendre son repas en famille, et, dès huit heures, il pénétrait, seul et joyeux, dans son nouveau chez lui. Il devait y coucher, ce soir-là, pour la première fois. Il eut plaisir à faire jouer sa clef dans sa serrure, à claquer sa porte derrière lui ; il alluma l'électricité partout et commença, à petits pas, une promenade à travers son royaume. Il s'était réservé le côté donnant sur la rue : deux grandes pièces et un cabinet. La première était peu meublée : quelques fauteuils disparates autour d'un guéridon ; ce devait être un salon d'attente, lorsqu'il aurait à recevoir quelque client. Dans la seconde, la plus grande, il avait fait descendre les meubles qu'il possédait dans l'appartement de son père, sa large table de travail, sa bibliothèque, ses deux fauteuils de cuir, et tous les objets témoins de sa vie laborieuse. Dans le cabinet, qui contenait une toilette et une penderie, il avait fait mettre son lit.

Ses livres étaient empilés par terre, dans

l'antichambre, près de ses malles non ouvertes. Le calorifère de l'immeuble donnait
une douce chaleur, les ampoules neuves
jetaient sur tout leur lumière crue. Antoine
avait devant lui une longue soirée pour
prendre possession ; il fallait qu'en quelques
heures tout fut déballé, rangé et prêt à
encadrer dorénavant sa vie. Là-haut, le
repas s'achevait sans doute : Gise s'endormait sur son assiette ; M. Thibault pérorait.
Comme Antoine se sentait tranquille, comme
sa solitude lui paraissait savoureuse ! La
glace de la cheminée le reflétait à mi-corps.
Il s'en approcha non sans complaisance. Il
avait une manière à lui de se regarder dans
les glaces, en carrant les épaules, en serrant
les mâchoires, et toujours de face, avec un
regard dur qu'il plongeait dans ses yeux. Il
voulait ignorer son buste trop long, ses
jambes courtes, ses bras grêles, et sur ce
corps presque gringalet, la disproportion
d'une tête trop forte, dont la barbe augmentait encore le volume. Il se voulait, il se
sentait un vigoureux gaillard, à large enco-
lure. Et il aimait l'expression contractée
de son visage : car, à force de plisser le front
comme s'il eût besoin de concentrer toute

167

son attention sur chacun des instants de sa
vie, un bourrelet s'était formé à la ligne des
sourcils, et son regard, enchâssé dans l'ombre,
avait pris un éclat têtu, qui lui plaisait
comme un signe visible de son énergie.

« Commençons par les livres », se dit-il en
retirant sa veste, et en ouvrant avec entrain
les deux battants de la bibliothèque vide.
« Voyons... Les cahiers de cours en bas...
Les dictionnaires à portée de la main...
Thérapeutique... Bon... Tra la la ! Tout de
même, me voici parvenu à mes fins. Le rez-
de-chaussée, Jacques... Qui aurait cru, il y
a seulement trois semaines... ? *Ce bougre-là
est doué d'une volonté in-domp-table* », reprit-il
sur un ton flûté, comme s'il imitait la voix
d'une autre personne. « *Persévérante et in-
dompt-able* ! » Il lança vers la glace un coup
d'œil amusé et fit une pirouette qui faillit
faire perdre l'équilibre à la pile de brochures
qu'il tenait sous son menton. « Holà, doucement ! Bon ! Voilà les rayons qui re-
prennent vie... Aux paperasses, maintenant...
Remettons pour ce soir les cartons dans le
cartonnier, comme ils étaient... Mais il
faudra bientôt procéder à une révision des
notes, des observations... Je commence à

en avoir une quantité respectable... Adopter un classement logique et clair, avec un répertoire bien à jour... Comme chez Philip... Un répertoire sur fiches... Tous les grands médecins, d'ailleurs... »

D'un pas léger, presque dansant, il faisait la navette de l'antichambre au cartonnier. Tout à coup il eut un rire puéril, vraiment inattendu. « *Le Docteur Antoine Thibault* », annonça-t-il, s'arrêtant une seconde et redressant la tête. « *Le Docteur Thibault... Thibault, vous savez bien, le spécialiste d'enfants...* » Il fit de côté un petit pas furtif, accompagné d'un bref salut, et reprit gravement ses allées et venues. « Passons à la malle d'osier... Dans deux ans je décroche la médaille d'or ; chef de clinique... Et le concours des hôpitaux... Je m'installe donc ici pour trois ou quatre ans, pas davantage. Il me faudra alors un appartement convenable, comme celui du patron. » Il reprit sa voix flûtée : « *Thibault, un de nos plus jeunes médecins des hôpitaux... Le bras droit de Philip...* » J'ai eu du nez de me spécialiser tout de suite dans les maladies d'enfant... Quand je pense à Louiset, à Touron... Les imbéciles... »

« *Les im-bé-ciles...* » répéta-t-il sans avoir l'air de songer à ce qu'il disait. Il avait les bras chargés des objets les plus divers, pour chacun desquels il cherchait, d'un œil perplexe, une place appropriée. « Si Jacques voulait être médecin, je l'aiderais, je le guiderais... Deux Thibault médecins... Pourquoi pas ? C'est bien une carrière pour des Thibault ! Dure, mais quelles satisfactions quand on a un peu le goût de la lutte, un peu d'orgueil ! Quels efforts d'attention, de mémoire, de volonté ! Et jamais au bout ! Et puis, quand on est arrivé ! Un grand médecin... Un Philip, par exemple... Pouvoir prendre cet air doux, assuré... Très courtois, mais distant... M. le Professeur... Ah, être quelqu'un, être appelé en consultation par les confrères qui vous jalousent le plus !

« Et moi, j'ai choisi la plus difficile des spécialités, les enfants : ils ne savent pas dire, et quand ils disent, ils vous trompent. C'est bien là, vraiment, qu'on est seul, en tête à tête avec le mal à dénicher... Heureusement, la radio... Un médecin complet, aujourd'hui, devrait être un radiographe, et opérer lui-même. Dès mon doctorat, stage de radio. Et plus tard, à côté de mon

cabinet, un atelier de radio... Avec une
infirmière... Ou plutôt un aide, en blouse...
Les jours de consultations, chaque cas un
peu sérieux, hop, cliché...

« *Ce qui me donne confiance en Thibault,
c'est qu'il commence toujours par un examen
radiographique...* »

Il sourit au son de sa propre voix et cligna
de l'œil vers la glace : « Eh bien, oui je le
sais bien, l'orgueil », songea-t-il avec un
rire cynique. « L'abbé Vécard dit : " L'orgueil
des Thibault ". Mon père, lui... Soit. Mais
moi, eh bien oui, l'orgueil. Pourquoi non ?
L'orgueil, c'est mon levier, le levier de toutes
mes forces. Je m'en sers. J'ai bien le droit.
Est-ce qu'il ne s'agit pas avant tout d'uti-
liser ses forces ? Et quelles sont-elles mes
forces ? » Un sourire découvrit ses dents.
« Je les connais bien. D'abord, je comprends
vite et je retiens ; ça reste. Ensuite, faculté
de travail. *Thibault travaille comme un
bœuf !* Tant mieux ; laisse-les dire ! Ils vou-
draient tous pouvoir en faire autant. Et
puis, quoi encore ? Énergie. Ça, oui. *Une
énergie ex-traor-di-naire* », prononça-t-il lentement, en se cherchant de nouveau dans la
glace. « C'est comme un potentiel... Un accu-

mulateur bien chargé, toujours prêt, et qui
me permet n'importe quel effort ! Mais que
vaudraient toutes ces forces, sans un levier
pour m'en servir, M. l'abbé ? » Il tenait à la
main une trousse plate, en nickel, qui brillait
sous la lumière du plafonnier, et qu'il ne
savait trop où mettre ; il finit par la glisser
sur le dessus de la bibliothèque. « *Et tant
mieux* », lança-t-il, à pleine voix, avec cet
accent gouailleur, normand, que prenait
quelquefois son père. « *Et tra la la, et vive
l'orgueil, M. l'abbé !* »

La malle se vidait. Antoine retira du fond
deux petits cadres de peluche, qu'il regarda
distraitement. C'étaient les photographies
de son grand-père maternel et de sa mère :
un beau vieillard, debout, en frac, la main
sur un guéridon chargé de livres ; une jeune
femme, aux traits fins, au regard insigni-
fiant, plutôt doux, avec un corsage ouvert
en carré et deux boucles molles tombant
sur l'épaule. Il avait tellement l'habitude
d'avoir sous les yeux cette image de sa
mère, que c'est ainsi qu'il la revoyait, bien
que ce portrait datât des fiançailles de
Mme Thibault, et qu'il n'eût jamais connu
sa mère avec cette coiffure. Il avait neuf ans

à la naissance de Jacques, lorsqu'elle était morte. Il se rappelait mieux le grand-père Couturier, l'économiste, l'ami de Mac-Mahon, qui avait failli être Préfet de la Seine à la chute de M. Thiers, qui avait été quelques années le doyen de l'Institut, et dont Antoine n'avait jamais oublié l'aimable figure, les cravates de mousseline blanche, ni le semainier de rasoirs à manches de nacre dans leur étui de galuchat.

Il plaça les deux cadres sur la cheminée, parmi des échantillons de roches et des fossiles. Restait à ranger le bureau, encombré d'objets divers, de paperasses. Il s'y mit gaîment. La pièce se transformait à vue d'œil. Lorsqu'il eut fini, il promena autour de lui un regard satisfait. « Quant au linge et aux vêtements, c'est l'affaire de la maman Fruhling », songea-t-il paresseusement. (Afin d'échapper sans réserves à la tutelle de Mademoiselle, il avait obtenu que la concierge assumât seule le ménage et le service du rez-de-chaussée.) Il prit une cigarette et s'allongea dans un des fauteuils de cuir. Il était rare qu'il eût ainsi une soirée entière à lui, sans tâche précise ; et il s'en trouvait presque gêné. L'heure n'était pas avancée ; qu'allait-

il faire ? Resterait-il là, à rêvasser en fumant ?
Il avait bien quelques lettres à écrire, mais
baste !

« Tiens », songea-t-il tout à coup en se
levant, « je voulais regarder dans Hémon
ce qu'il dit du diabète infantile... » Il prit
un gros volume broché et le feuilleta sur ses
genoux. « Oui... J'aurais dû savoir ça, c'est
évident », fit-il en fronçant les sourcils.
« Je me suis bien trompé... Sans Philip,
ce pauvre gosse était perdu, — par ma faute...
C'est-à-dire, par ma faute, non ; mais tout
de même... » Il referma le livre et le jeta
sur la table. « Comme il est sec, le patron,
dans ces cas-là ! Il est tellement vaniteux,
jaloux de sa situation ! " Le régime que vous
aviez prescrit ne pouvait qu'aggraver son
état, mon pauvre Thibault ! " Devant les
externes, les infirmières, c'est malin ! »

Il enfonça les mains dans ses poches, et
fit quelques pas. « J'aurais bien dû lui répondre. J'aurais dû lui dire : " D'abord si
vous faisiez votre devoir, vous... ! " Parfaitement. Il me répond : " M. Thibault, je
crois qu'à ce point de vue-là, personne... "
Mais je lui rive son clou : " Pardon ! Si vous
arriviez à l'heure, le matin, et si vous atten-

174

diez la fin de la consultation, au lieu de filer
à onze heures et demie pour soigner votre
clientèle payante, je n'aurais pas besoin de
faire votre besogne, moi, et je ne risquerais
pas de me tromper ! " Vlan ! Devant tout le
monde ! Il me fera la tête pendant quinze
jours, mais je m'en fiche. A la fin ! »

Son visage avait pris une subite expression
de méchanceté. Il haussa les épaules, et
commença, sans y songer, à remonter la
pendule ; mais il eut un frisson, remit sa
veste et vint se rasseoir à la place qu'il
venait de quitter. Sa joie de tout à l'heure
s'était évanouie ; il lui restait au cœur une
impression de froid. « L'imbécile », murmura-t-il, avec un sourire rancunier. Il
croisa nerveusement les jambes et alluma
une nouvelle cigarette. Mais tout en disant :
« L'imbécile », il pensait à la sûreté d'œil, à
l'expérience, à l'instinct surprenant du
Dr Philip ; et, en cet instant, le génie du
patron lui semblait former un ensemble
écrasant.

« Et moi, moi ? » se demanda-t-il avec
une sensation d'étouffement. « Saurai-je
jamais voir clair comme lui ? Cette perspicacité presqu'infaillible, qui, seule, fait les

175

grands cliniciens, est-ce que je... ? Oui, la
mémoire, l'application, la persévérance...
Mais ai-je autre chose, moi, que ces qualités
de subordonné ? Ce n'est pas la première fois
que je bute devant un diagnostic... facile,
— oui, c'était un diagnostic très facile, en
somme, un cas classique, nettement carac-
térisé... Ah, » fit-il en tendant brusquement
le bras, « ça ne viendra pas tout seul : travailler, acquérir, acquérir ! » Il pâlit : « Et
demain, Jacques ! » songea-t-il. « Demain
soir, Jacques sera là, dans la chambre qui
est là, et moi je... je... »

Il s'était levé d'un bond. Soudain le projet
qu'il avait fait de vivre avec son frère lui
apparut sous son véritable jour : la plus
irréparable des folies ! Il ne pensait plus à
la responsabilité qu'il avait acceptée ; il ne
pensait qu'à l'entrave qui dorénavant, quoi
qu'il fît, paralyserait sa marche. Il ne comprenait plus par quelle aberration il avait
pu prendre ce sauvetage à sa charge. Avait-il
du temps à gaspiller ? Avait-il seulement
une heure par semaine à détourner de son
but ? Imbécile ! C'était lui qui s'était attaché
cette pierre au cou ! Et plus moyen de
reculer !

Il traversa machinalement le vestibule, ouvrit la porte de la chambre préparée pour Jacques, et resta sur le seuil, pétrifié, cherchant à plonger son regard dans la pièce obscure. Le découragement s'emparait de lui. « Où fuir pour être tranquille, nom de Dieu ? Pour travailler, pour n'avoir à penser qu'à soi ! Toujours des concessions ! La famille, les amis, Jacques ! Tous conspirent à m'empêcher de travailler, à me faire rater ma vie ! » Il avait le sang à la tête, la gorge sèche. Il fut à la cuisine, but deux verres d'eau glacée, et revint dans son bureau.

Il était sans courage et commença à se déshabiller. Dépaysé dans cette chambre où il n'avait pas encore d'habitudes, où les objets usuels avaient pris un air insolite, tout brusquement lui semblait hostile.

Il mit une heure à se coucher, et fut plus long encore à s'endormir. Il n'était pas accoutumé au bruit si proche de la rue ; chaque passant dont la marche sonnait sur le trottoir le faisait tressaillir. Il pensait à des riens : à faire réparer son réveil ; à la difficulté qu'il avait eue l'autre nuit, en rentrant d'une soirée chez Philip, pour trouver une voiture... Par moments la pensée du retour de Jacques lui revenait avec une pénétration lancinante, et il se retournait avec désespoir dans son lit étroit.

« Après tout », songeait-il rageusement, « j'ai ma vie à faire, moi ! Qu'ils se débrouillent ! Je l'installerai là, puisque c'est décidé. J'organiserai son travail, soit. Et puis, fais ce que tu veux ! J'ai consenti à m'occuper de lui, oui. Mais halte-là ! Que ça ne m'empêche pas d'arriver ! J'ai ma vie à faire, moi ! Et tout le reste... » De son affection pour l'enfant, ce soir, il ne restait pas trace. Il se souvint de la visite à Crouy. Il revit son frère, amaigri, usé par la solitude ; qui sait, tuberculeux peut-être ? Si cela était, il déciderait son père à envoyer Jacques dans un bon sanatorium : en Auvergne, ou dans les Pyrénées, plutôt qu'en Suisse ; et lui, Antoine, il resterait seul, libre de son temps, libre de travailler tout à sa guise... Il se surprit même à songer : « Je prendrais sa chambre, j'en ferais ma chambre à coucher... »

VIII

Le lendemain, à son réveil, Antoine se trouvait dans une disposition d'esprit tout opposée, et pendant la matinée qu'il passa à l'hôpital, à plusieurs reprises il consulta sa montre avec une joyeuse impatience ; il lui tardait d'aller recevoir son frère des mains de M. Faîsme. Il fut à la gare bien avant l'heure, et tout en faisant les cent pas, il se remémorait ce qu'il avait décidé de dire à M. Faîsme sur la Fondation. Mais, dès que le train fut à quai et qu'il eut aperçu dans la file des voyageurs la silhouette de Jacques et les lunettes du directeur, il oublia les paroles bien senties qu'il avait préparées, et courut à la rencontre des arrivants.

M. Faîsme avait une figure radieuse et semblait retrouver dans Antoine son ami le plus cher ; il était vêtu avec recherche, ganté de clair, et rasé de si près qu'il avait

179

dû s'enfariner le visage afin d'éteindre le
feu de la lame. Il paraissait disposé à accompagner les deux frères jusque chez eux et
les pressait d'accepter quelque chose à la
terrasse d'un café. Antoine brusqua la sépa-
ration en hélant un taxi. M. Faîsme hissa
lui-même le baluchon de Jacques sur le
siège, et quand la voiture se mit en marche,
au risque de laisser écraser le bout de ses
souliers vernis, il passa encore une fois le
buste dans la portière pour serrer avec
effusion les mains des deux jeunes gens et
charger Antoine de ses plus humbles salutations à l'adresse de M. le Fondateur.

Jacques pleurait.

Il n'avait pas encore dit un mot ni fait
un geste pour répondre au cordial accueil
de son frère. Mais cette prostration augmentait la pitié d'Antoine et les sentiments nouveaux qui lui emplissaient le cœur. Si quelqu'un se fût avisé de lui rappeler son animosité de la veille, il l'eût niée et eût affirmé
de bonne foi qu'il n'avait jamais cessé de
sentir que le retour de l'enfant donnait
enfin un but à son existence, jusque-là
désespérément vide, stérile.

Lorsqu'il fit entrer son frère dans leur

appartement et qu'il referma la porte derrière eux, il avait l'âme en fête d'un amant qui fait à sa première maîtresse les honneurs d'un logis préparé pour elle seule. Il y songea et se moqua de lui-même : mais peu lui importait qu'il fût ridicule ; il se sentait heureux et bon. Et bien qu'il guettât, sans succès, une lueur de satisfaction sur le visage de son frère, il ne doutait pas un instant de réussir dans la tâche qu'il entreprenait.

La chambre de Jacques avait été visitée au dernier moment par Mademoiselle : elle y avait allumé du feu, afin que la pièce fût plus accueillante, et elle avait disposé bien en vue une assiettée de gâteaux aux amandes saupoudrés de sucre vanillé, une spécialité du quartier pour laquelle Jacques montrait jadis une prédilection. Sur la table de nuit, dans un verre, trempait un petit bouquet de violettes, d'où s'échappait une banderolle de papier découpé, sur laquelle Gisèle avait tracé en lettres multicolores :

Pour Jacquot.

Mais Jacquot ne remarqua aucun de ces préparatifs. A peine entré, et tandis qu'Antoine se débarrassait de son manteau, il s'assit près de la porte, son chapeau entre les doigts.

— « Viens donc faire le tour du propriétaire ! » cria Antoine.

L'enfant le rejoignit sans hâte, jeta un regard distrait dans les autres pièces, et revint s'asseoir. Il semblait attendre et craindre.

— « Tu veux que nous montions *les* voir ? » proposa Antoine. Et il comprit au frémissement de Jacques, que celui-ci ne pensait pas à autre chose depuis son arrivée. Sa physionomie devint livide. Il avait baissé les yeux, mais il s'était levé aussitôt, comme s'il eut été en même temps terrifié par l'approche du moment fatal et impatient d'en finir.

— « Eh bien, allons. Nous ne ferons qu'entrer et sortir », ajouta Antoine pour lui donner du courage.

M. Thibault les attendait dans son cabinet. Il était de bonne humeur : le ciel était beau, le printemps proche ; et, le matin, en assistant à la grand'messe paroissiale, dans le banc d'œuvre, il avait pris plaisir à se répéter que le dimanche suivant il y

aurait sans doute, assis à cette même place,
un nouveau membre de l'Institut. Il vint
au-devant de ses fils et embrassa le cadet.
Jacques sanglotait. M. Thibault vit dans
ces larmes une preuve de ses remords,
de ses bonnes résolutions ; il en fut ému
plus qu'il ne voulût le laisser paraître. Il fit
asseoir l'enfant sur un des fauteuils à hauts
dossiers qui encadraient la cheminée, et,
debout, les mains au dos, allant, venant et
soufflant à son habitude, il prononça une
brève admonestation, affectueuse et ferme à
la fois, rappelant sous quelles conditions Jacques avait le bonheur de réintégrer le foyer
paternel, et lui recommandant de témoigner
à Antoine autant de déférence et de soumis-
sion que s'il se fût agi de lui-même.

Un visiteur inespéré écourta la péroraison ;
c'était un futur collègue, et M. Thibault,
soucieux de ne pas le laisser se morfondre
dans le salon, congédia ses fils. Il les recon-
duisit néanmoins jusqu'à la porte de son
cabinet, et tandis qu'il soulevait d'une main
la portière, il posa l'autre sur la tête du
pupille repenti. Jacques sentit les doigts
paternels caresser ses cheveux et tapote
sa nuque avec une familiarité si nouvelle

pour lui, qu'il ne put retenir son émotion,
et, se retournant, saisit la grosse main
flasque pour la porter à ses lèvres. M. Thibault, surpris, ouvrit un œil mécontent,
et retira la main avec un sentiment de
gêne.

— « Allons, allons... » grommela-t-il en
tirant plusieurs fois de suite le cou hors du
col. Cette sensiblerie ne lui présageait rien
de bon.

Ils trouvèrent Mademoiselle qui habillait
Gisèle pour les Vêpres. En voyant entrer,
à la place du petit diable turbulent qu'elle
attendait, ce grand garçon pâle, aux yeux
rougis, Mademoiselle joignit les mains, et
le ruban qu'elle nouait dans les cheveux de
la fillette lui glissa des doigts. Son saisisse-
ment était tel qu'à peine d'abord elle osa
l'embrasser.

— « Dieu bon ! C'est donc toi ? » fit-elle
enfin, se jetant sur lui. Elle le serrait contre
sa capuche, puis se reculait pour le regarder,
et ses yeux brillants dévoraient le visage de
Jacques, sans parvenir à y retrouver les
traits qu'elle avait aimés.

Gise, plus déçue encore et fort intimidée,
regardait le tapis, mordant ses lèvres pour

ne pas éclater de rire. Ce fut elle qui obtint
le premier sourire de Jacques :

— « Tu ne me reconnais pas ? » fit-il en
allant vers elle. La glace était rompue.
Elle se jeta dans ses bras, puis se mit à sauter
comme un cabri, sans lâcher la main qu'elle
lui avait prise. Mais elle n'osa rien lui dire
ce jour-là, pas même pour lui demander
s'il avait vu ses fleurs.

Ils redescendirent tous ensemble. Gisèle ne
lâchait toujours pas la main de son Jacquot
et elle se collait silencieusement contre lui,
avec la sensualité d'un animal jeune. Ils se
séparèrent au bas de l'escalier. Mais, sous la
voûte, elle se retourna et lui adressa, à
travers la porte vitrée, un gros baiser des
deux mains : qu'il ne vit pas.

Lorsqu'ils se retrouvèrent seuls, chez eux,
Antoine, au premier coup d'œil qu'il jeta
vers Jacques, comprit que son frère éprouvait un vif soulagement d'avoir revu les
siens, et qu'il y avait déjà une amélioration
dans son état.

— « Crois-tu pas que nous allons être
bien ici, tous les deux ? Réponds ! »

— « Oui. »

— « Eh bien, assieds-toi, installe-toi :
prends ce grand fauteuil, tu verras comme
on y est bien. Je vais faire du thé. As-tu
faim ? Vas nous chercher les gâteaux. »

— « Non, merci. »

— « Mais j'en veux bien, moi ! » Rien ne
pouvait altérer la bonne humeur d'Antoine.
Ce bûcheur solitaire découvrait enfin la
douceur d'aimer, de protéger, de partager.
Il riait sans raison. C'était une ivresse heureuse, qui le rendait expansif comme jamais
il n'avait été.

— « Une cigarette ? Non ? Tu me regardes... Tu ne fumes pas ? Tu me regardes
tout le temps comme si... comme si je te
tendais des pièges ! Voyons, mon vieux, un
peu d'abandon, que diable, un peu de confiance ; tu n'es plus au pénitencier ! Tu te
méfies encore de moi ? Dis ? »

— « Mais non. »

— « Quoi donc ? Tu as peur que je t'aie
trompé, que je t'aie fait revenir et que tu
ne sois pas libre comme tu l'espérais ? »

— « N... non. »

— « Qu'est-ce que tu crains ? Regrettes-
tu quelque chose ? »

— « Non. »

— « Alors ? Que se passe-t-il donc derrière ce front buté ? Hein ? »

Il vint à l'enfant, et fut sur le point de se pencher jusqu'à lui, de l'embrasser ; mais il ne le fit pas. Jacques leva vers Antoine un œil morne ; il vit que l'autre attendait une réponse :

— « Pourquoi me demandes-tu tout ça ? » fit-il. Et après un léger frisson, il ajouta, très bas : « Qu'est-ce que ça peut faire ? »

Il y eut un court silence. Antoine enveloppait son cadet d'un regard si compatissant, que Jacques eut de nouveau envie de pleurer.

— « Tu es comme un malade, mon petit », constata Antoine sur un ton attristé. « Mais cela passera, aie confiance. Laisse-toi seulement soigner... Aimer », ajouta-t-il avec timidité, sans regarder l'enfant. « Nous ne nous connaissons pas bien encore. Songe donc, neuf ans de différence, c'était un abîme entre nous, tant que tu étais un enfant. Tu avais onze ans quand j'en avais vingt ; nous ne pouvions rien mettre en commun. Mais maintenant ce n'est plus du tout la même chose. Je ne sais même pas si je

t'aimais autrefois ; je n'y pensais pas. Tu
vois que je suis franc. Mais je sens bien que
cela aussi est changé. Je suis très content,
très... ému même, de te voir là, près de moi.
La vie va être plus facile à deux, et meilleure.
Tu ne crois pas ? Vois-tu, quand je rentrerai
de l'hôpital, je suis sûr que je me dépêcherai
pour être plus tôt revenu chez nous. Et je
te trouverai là, assis à ton bureau, ayant
travaillé avec entrain. N'est-ce pas ? Et le
soir, on redescendra de bonne heure, on
s'installera chacun de son côté, sous la lampe,
et on laissera les portes ouvertes, pour se
voir, pour se sentir voisins... Ou bien, certains soirs, on bavardera, on bavardera
ensemble comme deux amis, sans pouvoir se
décider à se coucher... Qu'est-ce que tu as ?
Tu pleures ? »

Il s'approcha de Jacques, s'assit sur le
bras de son fauteuil, et, après une hésitation,
lui prit la main. Jacques tenait détourné
son visage en larmes, mais il gardait dans
les siennes la main d'Antoine, et pendant
une grande minute, il la serra fébrilement,
à la broyer.

— « Antoine ! Antoine ! » s'écria-t-il enfin
d'une voix étouffée. « Ah, si tu savais tout

ce qui s'est passé en moi depuis un an... »

Il sanglotait si fort qu'Antoine se garda bien de l'interroger. Il avait jeté son bras autour des épaules de Jacques et tenait son cadet tendrement pressé contre lui. Une fois déjà, lors de leur première expansion, dans l'obscurité du fiacre, il avait connu cet instant de pitié enivrante, cette surabondance soudaine de force, de volonté pour deux. Et bien souvent depuis, une certaine pensée lui était venue, qui, ce soir, prenait soudain un relief étrange. Il se leva et se mit à arpenter la chambre.

— « Tiens », commença-t-il avec une exaltation particulière, « je ne sais pas pourquoi je te parle de ça dès aujourd'hui. D'ailleurs, nous aurons l'occasion d'y revenir. Vois-tu, je pense à ceci : que nous sommes deux frères. Ça n'a l'air de rien, et pourtant c'est une chose toute nouvelle pour moi, et très grave. Frères ! Non seulement le même sang, mais les mêmes racines depuis le commencement des âges, exactement le même jet de sève, le même élan ! Nous ne sommes pas seulement deux individus, Antoine et Jacques : nous sommes deux Thibault, nous sommes les Thibault. Est-ce que tu comprends ce que je veux dire ? Et ce qui est terrible, c'est justement d'avoir en soi cet élan, ce même élan, l'élan des Thibault. Comprends-tu ? Nous autres, les Thibault, nous ne sommes pas comme tout le monde. Je crois même que nous avons quelque chose de plus que les autres, à cause de ceci : que nous sommes des Thibault. Moi, partout où j'ai passé, au collège, à la Faculté, à l'hôpital, partout, je me suis senti un Thibault, un être à part, je n'ose pas dire supérieur, et pourtant si, pourquoi pas ? oui, supérieur, armé d'une force que les autres n'ont pas. Et toi, penses-y ? A l'école, est-ce que tu ne sentais pas, tout cancre que tu étais, cet élan intérieur qui te faisais dépasser tous les autres, *en force* ? »

— « Oui », articula Jacques, qui ne pleurait plus. Il dévisageait son frère avec un intérêt passionné, et sa physionomie avait pris à l'improviste une expression d'intelligence et de maturité qui lui donnait dix ans de plus que son âge.

— « Voilà longtemps que j'ai constaté ça », reprit Antoine. « Il doit y avoir en nous une combinaison exceptionnelle, d'orgueil, de violence, d'obstination, je ne sais comment

dire. Ainsi, tiens, je pense à père... Mais tu
ne le connais pas bien. D'ailleurs, lui, c'est
autre chose encore. Eh bien », continua-t-il
après une pause, et il vint s'asseoir vis-à-vis
le Jacques, le buste penché, les mains sur
les genoux, comme faisait M. Thibault, « ce
que je voulais seulement te dire aujourd'hui,
c'est que cette force secrète, elle apparaît
sans cesse dans ma vie, je ne sais comment
dire, à la manière d'une vague, à la manière
de ces brusques lames de fond qui vous
soulèvent quand on nage, qui vous portent,
qui vous font franchir, d'un grand bond,
tout un espace ! Tu verras ! C'est merveil-
leux. Mais il faut savoir en tirer parti. Rien
n'est impossible, rien n'est même difficile,
quand on a cette force-là. Et nous l'avons,
toi et moi. Comprends-tu ? Ainsi moi... Mais
je ne te dis pas ça pour moi. Parlons de toi.
Voilà le moment de mesurer cette force en
toi, de la connaître, de t'en servir. Le temps
perdu, tu le rattraperas d'un seul coup,
si tu le veux. Vouloir ! Tout le monde ne
peut pas vouloir. (Il n'y a d'ailleurs pas bien
longtemps que j'ai compris ça.) Moi, je peux
vouloir. Et toi aussi tu peux vouloir. Les
Thibault peuvent vouloir. Et c'est pour ça

que les Thibault peuvent tout entreprendre.
Dépasser les autres ! S'imposer ! Il le faut.
Il faut que cette force, cachée dans une race,
aboutisse enfin ! C'est en nous que l'arbre
Thibault doit s'épanouir : l'épanouissement
d'une lignée ! Comprends-tu ça ? » Jacques
avait toujours ses yeux rivés à ceux d'Antoine, avec une attention douloureuse.
« Comprends-tu ça, Jacques ? »

— « Mais oui, je comprends ! » cria-t-il
presque. Ses yeux clairs brillaient ; une sorte
d'irritation vibrait dans sa voix. Il avait un
pli bizarre au coin des lèvres : on eut dit
qu'il en voulait à son frère d'avoir ainsi
bouleversé son âme par ce souffle inattendu.
Il eut un rapide frisson ; puis son visage se
détendit, prit une expression de fatigue
extrême.

— « Ah, laisse-moi ! » fit-il tout à coup,
et il laissa tomber le front entre ses mains.

Antoine s'était tu. Il examinait son frère.
Comme il avait encore maigri, pâli, depuis
quinze jours ! Ses cheveux roux, tondus de
près, accusaient le volume anormal du
crâne, et rendaient plus visible le décolle-
ment des oreilles, la fragilité de la nuque.
Antoine remarqua la peau transparente des

tempes, la flétrissure du teint, le cerne des yeux.

— « T'es-tu corrigé ? » lança-t-il à brûle-pourpoint.

— « De quoi ? » murmura Jacques. La limpidité de son regard se troubla. Il rougit, mais garda une expression étonnée, qui était feinte.

Antoine ne répondit rien.

L'heure avançait. Il consulta sa montre et se leva ; il avait sa contre-visite à passer, vers cinq heures. Il hésitait à prévenir son frère qu'il allait le laisser seul jusqu'au dîner ; mais, contrairement à son attente, Jacques parut presque content de le voir partir.

En effet, resté seul, il se sentit comme allégé. Il eut l'idée de faire le tour de l'appartement. Mais dans l'antichambre, devant les portes closes, il fut pris d'une angoisse inexplicable, revint chez lui et s'enferma. Il avait à peine regardé sa chambre. Il aperçut enfin le bouquet de violettes, la banderole. Tous les détails de la journée s'enchevêtraient dans sa mémoire, l'accueil du père, la conversation d'Antoine. Il s'allongea sur le canapé et recommença à pleurer ; sans aucun désespoir : non, il pleurait d'épuisement surtout, et aussi, à cause de la chambre, des violettes, de cette main que son père avait posée sur sa tête, des attentions d'Antoine, de cette vie nouvelle et inconnue ; il pleurait parce qu'on semblait de toutes parts vouloir l'aimer ; parce qu'on allait maintenant s'occuper de lui, et lui parler, et lui sourire ; parce qu'il faudrait répondre à tous, parce que c'en était fini pour lui d'être tranquille.

IX

Antoine, pour ménager les transitions, avait remis au mois d'octobre la rentrée de Jacques dans un lycée. Avec d'anciens camarades qui se destinaient à l'Université, il avait élaboré un programme d'études récapitulatives, qui avait pour but de rééduquer progressivement l'intelligence de l'enfant. Trois professeurs différents se partagèrent la besogne. C'étaient tous des jeunes gens, des amis. L'élève bénévole travaillait à ses heures et selon ses capacités d'attention. Antoine eut bientôt le plaisir de constater que la solitude du pénitencier n'avait pas causé aux facultés mentales de son frère autant de dommages que l'on avait pu craindre : à certains égards son esprit avait même singulièrement mûri dans la solitude ; si bien qu'après un départ assez lent, les progrès devinrent bientôt plus rapides qu'Antoine n'avait osé l'espérer. Jacques profitait, sans en abuser, de l'indépendance qui lui était accordée. D'ailleurs Antoine, sans le dire devant son père, mais avec l'assentiment tacite de l'abbé Vécard, ne redoutait guère les inconvénients de la liberté. Il avait conscience que la nature de Jacques était riche, et qu'il y avait fort à gagner à la laisser se développer à sa guise et dans son propre sens.

Durant les premiers jours, l'enfant avait éprouvé une vive répugnance à sortir de la maison. La rue l'étourdissait. Antoine dut s'ingénier à lui trouver des courses à faire pour l'obliger à prendre l'air. Jacques refit ainsi connaissance avec son ancien quartier. Bientôt même il prit goût à ces promenades ; la saison était belle ; il aima suivre les quais jusqu'à Notre-Dame, ou bien flâner dans les Tuileries. Il se hasarda même un jour à pénétrer dans le musée du Louvre ; mais il y trouva l'air étouffant, poussiéreux, et l'alignement des tableaux si monotone, qu'il s'en échappa assez vite et n'y retourna plus.

Aux repas, il restait silencieux ; il écoutait son père. D'ailleurs, le gros homme était si autoritaire et d'un commerce si rugueux, que tous les êtres obligés de vivre à son foyer se réfugiaient silencieusement derrière un masque. Mademoiselle elle-même, en dépit de son admiration béate, lui dissimulait sans cesse sa véritable figure. M. Thibault jouissait de ce silence déférent, qui laissait libre cours à son besoin d'imposer ses jugements, et qu'il confondait naïvement avec une approbation générale. Vis-à-vis de Jacques, il se tenait sur une grande réserve ; et, fidèle à ses engagements, ne l'interrogeait jamais sur l'emploi de son temps.

Il y avait un point, cependant, sur lequel M. Thibault s'était montré intraitable : il avait formellement interdit toutes relations avec les Fontanin ; et, par surcroît de sécurité, il avait décidé que Jacques ne paraîtrait pas cette année à Maisons-Laffitte, où M. Thibault allait s'installer chaque printemps avec Mademoiselle, et où les Fontanin possédaient également une petite propriété, en bordure de la forêt. Il fut convenu que Jacques resterait cet été-là à Paris, comme Antoine.

L'interdiction de revoir les Fontanin fut l'objet d'un sérieux entretien entre Antoine et son frère. Le premier cri de Jacques fut

de révolte : il avait le sentiment que l'injus-
tice passée ne serait jamais effacée, tant que
serait maintenue cette suspicion contre son
ami. Réaction violente, qui ne déplut pas
à Antoine : elle lui était une preuve que
Jacques, le vrai Jacques, renaissait. Mais,
lorsque ce premier mouvement de colère
fut passé, il s'employa à raisonner son
cadet. Il n'eut d'ailleurs pas grand'peine
à obtenir de lui la promesse qu'il ne cher-
cherait pas à revoir Daniel. En réalité,
Jacques n'y tenait pas autant qu'on aurait
pu le penser. Il était encore trop sauvage
pour souhaiter d'autres contacts, et l'intimité
de son frère lui suffisait ; d'autant qu'Antoine s'efforçait de vivre avec lui sur un
pied de simple camaraderie, sans rien qui
pût marquer leur différence d'âge et moins
encore l'autorité dont il avait été investi.

Dans les premiers jours de juin, Jacques,
qui rentrait, vit un attroupement sous la
porte cochère : la mère Fruhling venait

d'avoir une attaque et gisait en travers de sa loge. Elle reprit ses sens dans la soirée ; mais, du côté droit, le bras et la jambe n'obéissaient plus.

A quelques jours de là, un matin, Antoine allait sortir, on sonna. Une gretchen, en chemisette rose et tablier noir, apparut dans l'encadrement de la porte ; rougissante, avec un sourire hardi :

— « Je viens pour le ménage... M. Antoine ne me reconnaît pas ? Lisbeth Fruhling... »

Elle avait le parler de l'Alsace, plus traînant encore sur ses lèvres d'enfant. Antoine se rappelait bien « l'orpheline de la mère Fruhling », qui vivait jadis à cloche-pied dans la cour. Elle expliqua qu'elle arrivait de Strasbourg pour soigner sa tante, la suppléer dans son service ; et, sans perdre de temps, elle commença le ménage.

Elle revint ainsi chaque jour. Elle apportait le plateau et assistait au petit déjeuner des jeunes gens. Antoine la plaisantait sur ses brusques rougeurs et l'interrogeait sur la vie allemande. Elle avait dix-neuf ans ; depuis six ans qu'elle avait quitté l'immeuble, elle habitait chez son oncle, qui tenait à Strasbourg un *hôtel-restauration* dans le

quartier de la gare. Tant qu'Antoine était
là, Jacques se mêlait un peu à la conversation. Mais dès qu'il se sentait seul avec
Lisbeth dans l'appartement, il l'évitait.

Pourtant, les jours où Antoine était de
garde, c'était dans la chambre de Jacques
qu'elle portait le déjeuner. Il lui demandait
alors des nouvelles de la tante ; et Lisbeth
ne lui faisait grâce d'aucun détail : maman
Fruhling se remettait, mais lentement ; l'appétit, de jour en jour, était meilleur. Lisbeth
avait le respect de la nourriture. Elle était
petite, dodue, et l'élasticité de son corps
trahissait sa passion pour la danse, les jeux,
le chant. Lorsqu'elle riait, elle regardait
Jacques sans la moindre gêne. Un minois
éveillé, le nez court, deux lèvres fraîches,
légèrement gonflées, des yeux de porcelaine,
et, tout autour du front, une mousse de
cheveux qui n'étaient pas blonds, mais
couleur de chanvre.

Chaque jour Lisbeth bavardait un peu
plus longtemps. La timidité de Jacques s'ap-
privoisait. Il l'écoutait avec une attention
sérieuse. Il avait une façon d'écouter qui
lui avait de tout temps valu des confidences :
secrets de domestiques, de condisciples, par-

fois même de professeurs. Lisbeth causait
avec lui plus librement qu'avec Antoine ;
et c'était avec l'aîné qu'elle se montrait le
plus enfant.

Un matin, elle remarqua que Jacques
feuilletait un dictionnaire allemand, et perdit
le peu qui lui restait de réserve. Elle voulut
voir ce qu'il traduisait, et s'attendrit devant
un lied de Gœthe qu'elle savait par cœur,
et que même elle chantait :

« *Fliesse, fliesse, lieber Fluss !*
Nimmer werd' ich froh... »

La poésie allemande avait le don de lui
tourner la tête. Elle fredonna plusieurs
romances, dont elle expliquait les premiers
vers. Ce qu'elle trouvait de plus beau était
toujours puéril et triste :

« *Si j'étais un petit oiseau-hirondelle*
Ah, comme vers toi je m'envolerais !... »

Cependant elle avait une prédilection pour
Schiller. Elle se recueillit et récita tout d'un
trait un fragment qu'elle chérissait entre
tous, ce passage de *Marie-Stuart*, où la jeune
reine prisonnière obtient de faire quelques
pas dans les jardins de sa prison, et s'élance

sur les pelouses, éblouie de soleil, ivre de jeunesse. Jacques ne comprenait pas tous les mots ; elle traduisait à mesure, et, pour exprimer cet élan vers la liberté, elle trouva des accents si naïfs, que Jacques, songeant à Crouy, sentit son cœur s'amollir. Par bribes, après bien des réticences, il se mit à conter ses malheurs. Il vivait encore si seul et parlait si rarement que le son de sa voix le grisait vite. Il s'anima, dénatura la vérité à plaisir, glissa dans son récit toutes sortes de réminiscences littéraires ; car, depuis deux mois, le plus clair de son travail consistait à dévorer les romans de la bibliothèque d'Antoine. Il sentait bien que ces transpositions romantiques avaient sur la sensibilité de Lisbeth plus d'action que n'aurait eue la pauvre réalité. Et lorsqu'il vit la jolie fille essuyer ses yeux, dans l'attitude de Mignon pleurant sa patrie, il goûta une volupté d'artiste, qui lui était encore inconnue, et il en ressentit tant de reconnaissance qu'il se demanda, tremblant d'espoir, si ce n'était pas de l'amour.

Le lendemain de ce jour-là, il l'attendit avec impatience. Elle s'en doutait peut-être ; elle lui apportait un album plein de cartes illustrées, d'autographes, de fleurs séchées : sa vie de jeune fille, depuis trois ans : toute sa vie. Jacques la pressait de questions ; il aimait à s'étonner, et il s'étonnait de tout ce qu'il ne connaissait pas. Les histoires de Lisbeth étaient jalonnées de détails indubitables, qui ne permettaient pas de suspecter sa bonne foi ; pourtant, lorsque ses joues se coloraient et que sa voix devenait plus traînante, elle avait cet air d'inventer, de mentir, que l'on voit aux gens qui essayent de raconter un rêve. Elle trépignait de plaisir en parlant des soirées d'hiver à la *Tanzchule,* où se retrouvaient les jeunes gens et les jeunes filles du quartier. Le maître à danser, armé d'un très petit violon, poursuivait les couples en marquant la cadence, tandis que Madame tournait les dernières valses viennoises sur le piano automatique. A minuit, on mangeait. Puis, par bandes folâtres, l'on s'ébrouait dans la nuit, et l'on s'accompagnait de maison en maison, sans pouvoir se séparer, tant la neige était douce aux pas, tant le ciel était pur et le vent vif aux joues. Parfois des sous-officiers se mêlaient aux danseurs habituels. L'un d'eux s'appelait Fredi, un autre Will. Lisbeth hésita longtemps à désigner, dans la photographie d'un groupe en uniformes, le gros joujou de bois qui portait ce prénom de Will. — « Ach », dit-elle, en époussetant l'image d'un revers de manche, « il est si noble, si langoureux ! » Elle avait dû aller chez lui, car il y avait une histoire de cithare, de framboises et de caillé, au milieu de laquelle elle s'interrompit avec un petit rire inattendu, et qu'elle n'acheva pas. Tantôt elle nommait Will son fiancé, et tantôt elle parlait de lui comme s'il eut été perdu pour elle. Jacques finit par comprendre qu'il avait été envoyé dans une garnison de Prusse, après un épisode ténébreux et ridicule, dont le souvenir la faisait tour à tour frissonner d'effroi et pouffer de rire : il y avait une chambre d'hôtel au fond d'un couloir dont le parquet grinçait ; mais là, tout devenait incompréhensible ; la chambre devait être située dans l'hôtel même de Fruhling, sinon le vieil oncle n'aurait pas pu, en pleine nuit, poursuivre le sous-officier dans la cour, et le jeter dans la rue, en chemise et en chaussettes. Lisbeth ajoutait, en guise d'explication, que son oncle songeait à l'épouser pour tenir la maison ; elle disait aussi qu'il avait un bec-de-lièvre, où brûlait, du matin au soir, un cigare qui sentait la suie ; et, cessant de sourire, sans transition, elle se mit à pleurer.

Jacques était assis à sa table. L'album était ouvert devant lui. Lisbeth s'était posée sur le bras du fauteuil ; lorsqu'elle se penchait, il respirait son souffle et ses frisures lui frôlaient l'oreille. Il n'éprouvait aucun trouble des sens. Il avait connu la perversité ; mais un autre monde maintenant le sollicitait, qu'il croyait découvrir en lui, qu'il exhumait d'un roman anglais récemment parcouru : l'amour chaste, un sentiment de plénitude heureuse et de pureté.

Toute la journée son imagination ne cessa de préparer, dans les plus menus détails, l'entrevue du lendemain : ils étaient seuls dans l'appartement, et il était bien convenu que rien ne les dérangerait de la matinée ; il avait assis Lisbeth sur le canapé, à droite ; elle penchait la tête en avant, et lui, debout, il apercevait sa nuque sous les cheveux follets, dans l'échancrure du corsage ; elle n'osait pas lever les yeux ; il se penchait : — « Je ne veux pas que vous repartiez... «

Alors seulement elle redressait la tête, avec
un regard interrogateur ; et lui, sa réponse
était un baiser sur le front, le baiser de
fiançailles. « Dans cinq ans, j'aurai vingt
ans. Je dirai à papa : " Je ne suis plus un
enfant ". S'ils me disent : " C'est la nièce
de la concierge ", je... » Il fit un geste de
menace. « Fiancée ! Fiancée !... Vous êtes
ma fiancée ! » Sa chambre lui parut trop
petite pour tant de joie. Il sortit. L'air était
chaud. Il se mouvait avec volupté dans la
lumière. « Fiancée ! Fiancée ! Elle est ma
fiancée ! »

Il dormait si fort, le lendemain, qu'il ne
l'entendit même pas sonner, et sauta du lit
en reconnaissant son rire dans la chambre
d'Antoine. Lorsqu'il les rejoignit, Antoine
avait déjeuné, et, prêt à sortir, tenait Lisbeth à pleines mains par les deux épaules :
— « Tu entends ? » menaçait-il ; « si tu
lui laisses encore prendre du café, tu auras
affaire à moi ! » Lisbeth riait de son rire
particulier ; elle refusait de croire que du
bon café-au-lait à l'allemande, bien sucré
et avalé bouillant, put jamais faire du mal
à maman Fruhling.

Ils restèrent seuls. Elle avait mis sur le
plateau des tortillons de pâtisserie semés
d'anis, qu'elle avait confectionnés la veille
à son intention. Elle le regardait déjeuner
avec déférence. Il s'en voulait d'avoir faim.
Rien de tout cela n'était prévu ; il ne savait
à quel endroit raccorder la réalité avec la
scène qu'il avait si méticuleusement préparée. Pour comble de malheur, on sonna.
C'était une surprise : la mère Fruhling entra,
clopin clopant ; elle n'était pas encore bien
valide, mais elle allait mieux, beaucoup
mieux, et venait dire bonjour à M. Jacques.
Il fallut ensuite que Lisbeth l'aidât à rega-
gner la loge, l'installât dans son fauteuil.
Le temps passait. Lisbeth ne revenait pas.
Jacques n'avait jamais pu supporter la
contrainte des circonstances. Il allait et
venait, en proie à une contrariété, qui ressemblait à ses colères d'autrefois. Il serrait
les mâchoires et enfonçait les poings dans
ses poches. Il se mit à lui en vouloir.

Lorsqu'elle reparut enfin, il avait la bouche
sèche et l'œil mauvais ; il était si énervé
par l'attente, que ses mains tremblaient. Il
fit mine d'avoir à travailler. Elle expédia
le ménage et lui dit au revoir. Penché sur

ses livres, la mort dans l'âme, il la laissa partir. Mais, sitôt seul, il se renversa en arrière, et il eut un sourire si parfaitement amer, qu'il s'approcha de la glace, afin d'en jouir objectivement. Pour la vingtième fois, son imagination lui représentait la scène convenue : Lisbeth assise, lui debout, la nuque... Il en ressentit un écœurement, mit ses mains devant ses yeux, et se jeta sur le canapé pour pleurer. Mais les larmes ne venaient pas ; il n'éprouvait que de l'énervement et de la rancune.

Quand elle entra, le jour suivant, elle avait un air attristé que Jacques prit pour un reproche, et qui fit fondre aussitôt son ressentiment. En réalité, elle venait de recevoir une mauvaise lettre de Strasbourg : son oncle la réclamait ; l'hôtel était plein ; Fruhling acceptait de patienter une semaine encore, mais pas davantage. Elle avait pensé montrer la lettre à Jacques ; mais il vint à elle avec un regard si timide et si tendre, qu'elle se retint de rien dire de triste. Elle s'assit distraitement sur le canapé, juste à la place où il avait décidé qu'elle serait, et il se tenait debout, à l'endroit où il s'était

vu lui-même. Elle baissa la tête, et il aperçut,
sous les frisons, la nuque qui fuyait dans
l'échancrure du corsage. Il se penchait déjà,
comme un automate, lorsqu'elle se redressa,
— un peu trop tôt. Elle le regarda avec surprise, sourit, l'attira près d'elle sur le canapé,
et, sans la moindre hésitation, colla son
visage contre celui de Jacques, sa tempe
contre sa tempe, sa joue chaude le long de
sa joue.

— « Chéri... *Liebling*... »

Il crut défaillir de douceur, et ferma les
yeux. Il sentit les doigts de Lisbeth, dont le
bout était piqué par les aiguilles, caresser
sa joue libre, s'insinuer dans son col ; le
bouton céda. Il eut un frisson délicieux.
La petite main magnétique, glissant entre
la chemise et la peau, vint se blottir contre
son buste. Alors, lui aussi, il hasarda deux
doigts qui heurtèrent une broche. Elle entr'-
ouvrit elle-même son corsage pour l'aider.
Il retenait son souffle. Sa main frôla une chair
inconnue. Elle fit un mouvement, comme
s'il l'eût chatouillée, et il sentit tout à coup
la chaude masse d'un sein couler dans le
creux de sa paume. Il rougit, et l'embrassa
gauchement. Aussitôt elle lui rendit son

baiser à vif, en pleine bouche ; il en resta
décontenancé, un peu dégoûté même de la
fraîcheur, qu'après la chaleur du baiser, lui
laissait cette salive étrangère. Elle avait
remis son visage tout contre le sien et ne
bougeait plus ; il sentait contre sa tempe
battre ses cils.

Dès lors, ce fut le rite quotidien. Elle
retirait sa broche dès l'antichambre et la
piquait, sitôt entrée, à la portière. Tous deux
s'installaient sur le canapé, joue contre joue,
les mains au chaud, et restaient silencieux.
Ou bien elle commençait quelque romance
allemande, qui leur mettait les larmes aux
yeux ; et, pendant de longs moments, ils
balançaient en mesure leurs bustes enlacés,
et mêlaient leurs haleines, sans désirer d'autres joies. Si les doigts de Jacques s'agitaient
un peu sous la chemisette, s'il déplaçait un
peu la tête pour frôler de ses lèvres la joue
de Lisbeth, elle fixait sur lui ses yeux qui
semblaient toujours demander qu'on fût
gentil avec elle, et soupirait :
— « Soyez langoureux... »
D'ailleurs, une fois bien en place, les
mains restaient sages. D'un accord tacite,

Lisbeth et Jacques évitaient les gestes inédits. Leur étreinte était toute dans cette pression patiente et continue de leurs visages, et aussi, à chaque respiration, dans cette caresse que procurait aux doigts la tiède palpitation des poitrines. Pour Lisbeth, qui souvent semblait lasse, elle écartait sans effort toute sollicitation des sens : auprès de Jacques elle se grisait de pureté, de poésie. Quant à lui, il n'avait même pas à repousser de tentation plus précise : ces chastes caresses trouvaient leur fin en soi ; l'idée qu'elles pussent être le prélude d'autres ardeurs, ne l'effleurait même pas. Si parfois la tiédeur de ce corps féminin lui causait un trouble physique, c'était presque sans qu'il en prit conscience : il serait mort de dégoût et de honte, à la pensée que Lisbeth pût s'en apercevoir. Auprès d'elle, jamais aucune convoitise impure ne l'avait assailli. La dissociation était complète entre son âme et sa chair. L'âme appartenait à l'aimée ; la chair menait sa vie solitaire dans un autre monde, dans un monde nocturne où Lisbeth ne pénétrait pas. S'il lui arrivait encore, certains soirs, ne pouvant trouver le sommeil, de se jeter hors des draps, d'arracher sa chemise devant

la glace, de baiser ses bras et de palper
son corps avec une frénétique insatiété,
c'était toujours seul, loin d'elle ; l'image de
Lisbeth ne venait jamais se joindre au cor-
tège habituel de ses évocations.

Cependant, pour Lisbeth, la date du départ
approchait ; elle devait quitter Paris le
dimanche suivant, par le train de nuit, et
n'avait pas eu le courage d'en avertir Jacques.

Ce dimanche-là, à l'heure du dîner, Antoine, sachant son frère en haut, rentra chez
lui. Lisbeth attendait. Elle se jeta sur son
épaule en pleurant.

— « Eh bien ? » demanda-t-il avec un
étrange sourire.

Elle fit signe que non.

— « Et tu pars tout à l'heure ? »

— « Oui. »

Il eut un geste d'impatience.

— « C'est sa faute, aussi ! » fit-elle : « Il
n'y pense pas. »

— « Tu avais promis d'y penser pour
lui. »

Elle le regarda. Elle le méprisait un peu.
Il ne pouvait pas comprendre que pour elle,

Jacques, « ce n'était pas la même chose ».
Mais Antoine était beau, elle aimait son air
fatal, et lui pardonnait d'être comme les
autres.

Elle avait épinglé sa broche au rideau,
et se déshabillait d'un air distrait, songeant
déjà au voyage. Lorsqu'Antoine la saisit
dans ses bras, elle eut un rire saccadé qui se
perdit dans sa gorge :

— « *Liebling*... Sois langoureux pour notre
dernier soir... »

Antoine fut absent toute la soirée. Vers
onze heures, Jacques l'entendit rentrer et
gagner sa chambre sans faire de bruit. Il
allait se coucher, il ne l'appela pas.

En pénétrant dans son lit, son genou heurta
quelque chose de dur : un paquet, une surprise ! C'était, dans du papier d'étain, quelques tortillons à l'anis, gluants de caramel ;
et, plié dans un mouchoir de soie aux ini-
tiales de Jacques, un petit billet mauve :

A mon bien-aimé !

Jamais encore elle ne lui avait écrit.
C'était comme si ce soir elle fut venue se
pencher à son chevet. Il riait de plaisir en
décachetant l'enveloppe :

« Monsieur Jacques,

« Quand vous aurez cette chère lettre je serai déjà loin... »

Les lignes se brouillaient ; son front se couvrit de sueur.

« ... je serai déjà loin car je monte ce soir dans le chemin de fer de 22 h. 12 à la gare de l'Est pour Strasbourg... »

— « Antoine ! »

Appel si déchirant qu'Antoine accourut, croyant son frère blessé.

Jacques était assis sur son lit, les bras écartés, les lèvres entr'ouvertes, les yeux suppliants : on eût dit qu'il se mourait et qu'Antoine seul pouvait le sauver. La lettre traînait sur les draps. Antoine la parcourut, sans étonnement : il venait de conduire Lisbeth au train. Il se pencha sur son frère ; mais l'autre l'arrêta :

— « Tais-toi, tais-toi... Tu ne peux pas savoir, Antoine, tu ne peux pas comprendre... »

Il employait les mêmes mots que Lisbeth. Son visage avait pris une expression butée, et son regard une fixité, une pesanteur, qui rappelaient l'enfant de jadis. Soudain sa poitrine se gonfla, ses lèvres se mirent à trembler, et, comme s'il cherchait à se réfugier contre quelqu'un, il se détourna et s'abattit sur le traversin, en sanglotant. Un de ses bras restait en arrière ; Antoine toucha cette main crispée qui s'agrippa aussitôt à la sienne, et qu'il serra tendrement. Il ne savait que dire ; il regardait le dos courbé de son frère, que les sanglots secouaient. Une fois de plus, il avait la révélation de ce feu caché sous la cendre, toujours prêt à s'embraser ; et il mesurait la vanité de ses prétentions éducatrices.

Une demi-heure passa ; la main de Jacques se desserrait ; il ne sanglotait plus, il haletait. Peu à peu la respiration se fit plus régulière ; il s'endormait. Antoine ne bougeait pas, ne se décidait pas à partir. Il songeait avec angoisse à l'avenir de ce petit. Il attendit une demi-heure encore ; puis il s'en alla, sur la pointe des pieds, laissant les portes entr'ouvertes.

Le lendemain, Jacques dormait encore, ou feignait le sommeil, lorsqu'Antoine quitta la maison.

Ils se retrouvèrent en haut, à la table familiale. Jacques avait les traits fatigués, un pli méprisant aux coins des lèvres, et cet air des enfants qui s'enorgueillissent de se croire méconnus. Pendant tout le repas, son regard évita celui d'Antoine ; il ne voulait même pas être plaint. Antoine comprit. Au reste, il ne tenait guère à parler de Lisbeth.

Leur vie reprit son cours comme s'il ne se fût rien passé.

X

Un soir, avant le dîner, Antoine eut la surprise de trouver dans son courrier une enveloppe à son nom qui contenait une lettre cachetée, à l'adresse de son frère. Il ne reconnut pas l'écriture, et, Jacques étant là, il ne voulut pas avoir l'air d'hésiter :

— « Voilà qui est pour toi », dit-il.

Jacques s'approcha vivement et son visage s'empourpra. Antoine, qui feuilletait un catalogue de livres, lui remit l'enveloppe sans le regarder. Lorsqu'il leva la tête, il vit que Jacques avait glissé la lettre dans sa poche. Leurs yeux se croisèrent ; ceux de Jacques étaient agressifs.

— « Pourquoi me regardes-tu comme ça? » fit-il. « J'ai bien le droit de recevoir une lettre ? »

Antoine considéra son frère sans rien dire lui tourna le dos et quitta la pièce.

Pendant le dîner, il causa avec M. Thibault sans s'adresser à Jacques. Ils redescendirent ensemble, comme chaque soir, mais n'échangèrent pas une parole. Antoine gagna sa chambre ; il s'asseyait à peine à sa table, lorsque Jacques entra sans avoir frappé, s'avança d'un air provoquant et jeta sur le bureau la lettre dépliée :

— « Puisque tu surveilles ma correspondance ! »

Antoine replia la feuille sans la lire, et la tendit à son frère. Comme celui-ci ne la prenait pas, il écarta les doigts et la lettre tomba sur le tapis. Jacques la ramassa et l'enfonça dans sa poche.

— « Alors, ce n'est pas la peine de me faire la tête », ricana-t-il.

Antoine haussa les épaules.

— « Et puis, j'en ai assez, si tu veux savoir ! » reprit Jacques, élevant tout à coup la voix. « Je ne suis plus un enfant. Je veux... j'ai bien le droit... » Le regard attentif et calme d'Antoine l'irritait. « Je te dis que j'en ai assez ! » cria-t-il.

— « Assez de quoi ? »

— « De tout. » Sa figure avait perdu toute nuance : l'œil fixe et courroucé, les oreilles décollées, la bouche entr'ouverte, lui donnaient un air stupide ; il devenait très rouge. « D'ailleurs, c'est par erreur que cette lettre est arrivée ici ! J'avais ordonné qu'on m'écrive poste restante ! Là, au moins, je recevrai les lettres que je veux, sans avoir de compte à rendre à qui que ce soit ! »

Antoine l'examinait toujours, sans répondre. Ce silence lui donnait beau jeu et masquait son embarras : jamais encore l'enfant ne lui avait parlé sur ce ton.

— « D'abord, je veux revoir Fontanin, entends-tu ? Personne ne m'en empêchera ! »

Ce fut un trait de lumière : l'écriture du cahier gris ! Jacques correspondait avec Fontanin, malgré sa promesse. Et elle, Mme de Fontanin, était-elle au courant ? Autorisait-elle cette correspondance clandestine ?

Antoine, pour la première fois, se voyait contraint d'endosser un rôle de parent ; le temps n'était pas éloigné où il eût pu avoir devant M. Thibault l'attitude que Jacques avait en ce moment devant lui. L'aspect des choses s'en trouvait renversé.

— « Tu as donc écrit à Daniel ? » demanda-t-il en fronçant les sourcils.

Jacques lui tint tête par un signe très affirmatif.

— « Sans m'en parler ? »

— « Et puis après ? » fit l'autre.

Antoine faillit se lever pour gifler l'impertinent. Il serra les poings. La tournure du débat risquait de compromettre ce à quoi il tenait le plus.

— « Va-t'en », prononça-t-il sur un ton qui feignait le découragement. « Ce soir, tu ne sais plus ce que tu dis. »

— « Je dis... Je dis que j'en ai assez ! » cria Jacques en tapant du pied. « Je ne suis plus un enfant. Je veux fréquenter qui bon me semble. J'en ai assez de vivre comme ça. Je veux voir Fontanin, parce que Fontanin est mon ami. Je lui ai écrit pour ça. Je sais ce que je fais. Je lui ai donné rendez-vous. Tu peux le dire à... à qui tu voudras. J'en ai assez, assez, assez ! » Il trépignait ; et rien ne subsistait plus en lui, que haine et révolte.

Ce qu'il ne disait pas, ce qu'Antoine ne pouvait guère deviner, c'est qu'après le départ de Lisbeth, le pauvre gamin s'était senti le cœur si vide et tout à la fois si lourd, qu'il avait cédé au besoin de confier à un être jeune le secret de sa jeunesse ; bien plus :

de partager avec Daniel ce poids qui l'étouffait. Et, dans son exaltation solitaire, il avait par avance vécu les heures d'amitié totale, où il supplierait son ami d'aimer une moitié de Lisbeth, et Lisbeth de laisser Daniel prendre à sa charge cette moitié d'amour.

— « Je t'ai dit de t'en aller », reprit Antoine, qui affectait de rester impassible et savourait sa supériorité. « Nous reparlerons de tout cela quand tu auras recouvré la raison. »

— « Lâche ! » hurla Jacques que ce flegme exaspérait. « Pion ! » Et il partit en claquant la porte.

Antoine se leva pour donner un tour de clef, et se jeta dans un fauteuil. Il avait pâli de rage.

« Pion ! L'imbécile. Pion. Il me le paiera. S'il croit qu'il peut se permettre — il se trompe ! Ma soirée est perdue, je suis incapable de travailler maintenant. Il me le paiera. Ma tranquillité d'autrefois. Quelle sottise j'ai faite ! Et pour ce petit imbécile. Pion ! Plus on en fait pour eux... L'imbécile, c'est moi : je gâche pour lui une partie de mon temps, de mon travail. Mais c'est fini. J'ai ma vie, moi, mes exa-

mens. Ce n'est pas ce petit imbécile qui... »
Il ne pouvait rester en place et se mit à
arpenter la chambre. Il se vit tout à coup
en présence de Mme de Fontanin, et ses
traits prirent une expression ferme et désabusée : « J'ai fait tout ce que j'ai pu, Madame.
J'ai essayé la douceur, l'affection. Je lui ai
laissé la plus grande liberté. Et voilà. Croyez-
moi, Madame, il y a des natures contre lesquelles on ne peut rien. La société n'a qu'un
moyen de s'en garantir, c'est en les empêchant
de nuire. Ce n'est pas sans raison que les
pénitenciers s'intitulent Œuvres de Préservation sociale... »

Un grignotement de rat lui fit tourner la
tête. Sous la porte close un billet venait
d'être glissé :

« Je te demande pardon pour pion. Je ne
suis plus en colère. Laisse-moi revenir. »

Antoine sourit malgré lui. Il eut un brusque
élan d'affection, et, sans réfléchir davantage,
alla vers la porte et l'ouvrit. Jacques attendait, les bras ballants. Il était encore si
énervé qu'il baissa la tête et pinça les lèvres
pour ne pas éclater de rire. Antoine avait
pris un air irrité, distant ; il revint s'asseoir.

— « J'ai à travailler », fit-il sèchement.
« Tu m'as déjà fait perdre assez de temps
pour ce soir. Qu'est-ce que tu veux ? »

Jacques leva ses yeux qui restaient rieurs,
et regarda son frère bien en face :

— « Je **veux** revoir Daniel », déclara-
t-il.

Il y eut un court silence.

— « Tu sais que père s'y oppose, commença Antoine. « J'ai pris la peine de t'expliquer
pourquoi. Tu t'en souviens ? Ce jour-là, il
a été convenu entre nous que tu accepterais
cet état de choses et ne ferais aucune tentative pour renouer les relations avec les
Fontanin. J'ai eu confiance en ta parole. Tu
vois le résultat. Tu m'as trompé ; à la première occasion, tu as rompu le pacte. Maintenant, c'est fini : jamais plus je ne pourrai
avoir confiance en toi. »

Jacques sanglotait.

— « Ne dis pas ça, Antoine. Ce n'est pas
juste. Tu ne peux pas savoir. C'est vrai que
j'ai eu tort. Je n'aurais pas dû écrire sans
t'en parler. Mais c'est parce qu'il y avait
autre chose que j'aurais été forcé de raconter,
et je ne pouvais pas. » Il murmura : « Lisbeth... »

— « Il ne s'agit pas de ça », interrompit aussitôt Antoine, afin d'éluder un aveu qui l'eût gêné plus encore que son frère. Et, pour obliger Jacques à changer de sujet : « Je consens à tenter une nouvelle et dernière expérience : tu vas me promettre... »

— « Non, Antoine, je ne peux pas te promettre de ne pas revoir Daniel. C'est toi qui vas me promettre de me laisser le voir. Écoute-moi, Antoine, ne te fâche pas. Je te jure devant Dieu que je ne te cacherai plus rien. Mais je veux revoir Daniel et je ne veux pas le revoir sans que tu le saches. Lui non plus d'ailleurs. Je lui avais écrit de me répondre poste restante ; il n'a pas voulu. Écoute ce qu'il m'écrit : « *Pourquoi poste restante ? Nous n'avons rien à dissimuler. Ton frère a toujours été pour nous. C'est donc à lui que j'adresse ce mot, qu'il te remettra.* » Et, à la fin, il refuse le rendez-vous que je lui proposais derrière le Panthéon : « *J'en ai parlé à Maman. Le plus simple serait que tu viennes aussitôt que possible passer un dimanche à la maison. Maman vous aime bien, ton frère et toi, elle me charge de vous inviter tous les deux.* » Tu vois, il est loyal, lui. Papa ne s'en doute pas, il le condamne

sans rien savoir de lui ; je ne lui en veux pas
trop, mais toi, Antoine, ce n'est pas pareil.
Tu connais Daniel, tu le comprends, tu as
vu sa mère ; tu n'as aucune raison d'être
comme papa. Tu dois être content que j'aie
cette amitié. Il y a bien assez longtemps que
je suis seul ! Pardon, je ne dis pas ça pour
toi, tu sais bien. Mais toi, c'est une chose ;
et Daniel, c'est une autre. Tu as bien des
amis de ton âge, toi ? Tu sais bien ce que
c'est d'avoir un vrai ami ? »

« Ma foi, non... », songeait Antoine, en
remarquant l'expression heureuse et tendre
que prenait le visage de Jacques, dès qu'il
prononçait ce mot d'*ami*. Il eut soudain
envie d'aller à son frère et de l'embrasser.
Mais le regard de Jacques avait quelque chose
d'irréductible et de combattif, qui était
blessant pour l'orgueil d'Antoine. Aussi eut-
il la velléité de heurter cette obstination,
de la briser. Cependant l'énergie de Jacques
lui en imposait un peu. Il ne répondit rien,
allongea les jambes et se mit à réfléchir.
« En réalité », se disait-il, « moi qui ai l'esprit large, je dois convenir que l'interdiction
de mon père est absurde. Ce Fontanin ne
peut avoir sur Jacques qu'une bonne in-

fluence. Milieu parfait. Qui m'aiderait, même, dans ma tâche. Oui, certainement, *elle* m'aiderait, elle verrait même plus clair que moi ; elle prendrait vite de l'ascendant sur le petit ; c'est une femme de tout premier ordre. Mais si jamais père apprenait ça... Eh bien ? Je ne suis plus un enfant. Qui a pris la responsabilité de Jacques ? Moi. J'ai donc le droit de juger en dernier ressort. J'estime que, prise à la lettre, la défense de père est absurde et injuste : je passe outre, voilà tout. D'abord, Jacques m'en sera plus attaché. Il pensera : " Antoine n'est pas comme papa. " Et puis, je suis sûre que la mère... » Il se vit, une seconde fois, devant Mme de Fontanin, qui souriait : « Madame, j'ai tenu à vous amener mon frère moi-même... »

Il se leva, fit quelques pas, et vint se planter devant Jacques, qui restait immobile, la volonté tendue, férocement décidé à combattre et à vaincre l'opposition d'Antoine.

— « Je suis bien obligé de te le dire, puisque tu m'y forces : mon intention, en dépit des ordres de père, a toujours été de te laisser revoir les Fontanin. Je projetais même de t'y conduire, ainsi tu vois ? Mais

je voulais attendre que tu aies bien repris
ton assiette : je comptais patienter jusqu'à
la rentrée. Ta lettre à Daniel précipite les
choses. Soit. Je prends tout sur moi. Père
n'en saura rien, ni l'abbé. Nous irons dimanche, si tu veux.

« Remarque », ajouta-t-il après une pause
et sur un ton d'affectueux reproche, « combien tu t'es mépris, combien tu as eu tort
de ne pas me faire meilleur crédit. Je te
l'ai vingt fois répété, mon petit : franchise
complète entre nous, confiance réciproque,
ou bien c'est la faillite de tout ce que nous
avons espéré. »

— « Dimanche ? » balbutia Jacques. Il
était tout désorienté d'avoir gain de cause
sans lutte. Il eut l'impression qu'il était
dupe de quelque machination qu'il n'apercevait pas. Puis il eut honte de ce soupçon.
Antoine était vraiment son meilleur ami.
Quel dommage qu'il fût si vieux ! Mais
quoi, dimanche prochain ? Pourquoi si tôt ?
Il se demandait maintenant s'il était vrai
qu'il désirât tant revoir son ami.

XI

Daniel dessinait, ce dimanche-là, auprès de sa mère, lorsque la petite chienne se mit à aboyer. On avait sonné. Mme de Fontanin posa son livre.

— « Laisse, maman », fit Daniel en la devançant vers la porte. On avait dû, faute d'argent, congédier la femme de chambre, puis, le mois précédent, la cuisinière ; Nicole et Jenny aidaient au ménage.

Mme de Fontanin, qui prêtait l'oreille, sourit en reconnaissant la voix du pasteur Gregory, et fit quelques pas à sa rencontre. Il avait saisi Daniel aux épaules et le dévisageait avec un rire rauque :

— « Comment ? Pas dehors pour une bonne promenade, *boy*, par ce beau temps ? Il n'y aura donc jamais ni canot, ni cricket, ni sport, chez ces Français ? » L'éclat de ses petits yeux noirs, dont l'iris emplissait l'écartement des paupières sans laisser pa-

raître le blanc, était si pénible à soutenir
de près, que Daniel détournait la tête avec
un sourire gêné.

— « Ne le grondez pas », dit Mme de Fontanin. « Il attend la visite d'un camarade.
Vous savez, ces Thibault ? »

Le pasteur, en grimaçant, fouilla dans ses
souvenirs : tout à coup, avec une énergie
diabolique, il frotta vigoureusement l'une
contre l'autre ses mains sèches, d'où semblaient jaillir des étincelles, et sa bouche se
fendit en un rire étrange, silencieux.

— « Oh *yes* », fit-il enfin. « Le barbu docteur ? Bon, brave jeune homme. Vous sou-
venez-vous quel visage étonné, quand il est
venu voir notre chère petite chose ressus-
citée ? Il voulait mesurer la ressuscitation
avec son thermomètre ! *Poor fellow !* Mais,
où est-elle, notre *darling ?* Aussi enfermée
dans sa chambre, par si splendide soleil ? »

— « Non, rassurez-vous. Jenny est dehors
avec sa cousine. A peine si elles ont pris le
temps de déjeuner. Elles essayent un appareil de photographie... que Jenny a reçu
pour sa fête. »

Daniel, qui avançait un siège pour le
pasteur, leva la tête et regarda sa mère,

dont la voix s'était troublée en donnant ce détail.

— « Quoi, à propos de cette Nicole ? » demanda Gregory en s'asseyant. « Rien de nouveau ? »

Mme de Fontanin fit signe que non. Elle ne désirait pas traiter ce sujet devant son fils, qui, au nom de Nicole, avait glissé un coup d'œil vers le pasteur.

— « Mais, dites-moi, *boy* », fit brusquement celui-ci en se tournant vers Daniel, « votre barbu docteur ami, quand viendra-t-il réellement pour nous importuner ? »

— « Je ne sais pas. Vers trois heures peut-être. »

Gregory se dressa pour extraire de son gilet de clergyman une montre d'argent large comme une soucoupe.

— « *Very well !* » cria-t-il. « Vous avez presque une heure, paresseux garçon ! Jetez de côté la veste, et allez tout de suite, courant tout autour du Luxembourg, pour tirer un record de course à pied ! *Go on !* »

Le jeune homme échangea un regard avec sa mère, et se leva.

— « Bien, bien, je vous laisse », fit-il malicieusement.

DEUXIÈME PARTIE. XI

— « Rusé garçon ! » murmura Gregory en le menaçant du poing.

Mais dès qu'il fut seul avec Mme de Fontanin, son visage glabre prit une expression de bonté et son regard devint caressant.

— « Maintenant », dit-il, « le temps est venu où je désire parler à votre cœur seulement, *dear*. » Il se recueillit comme s'il priait. Puis, d'un geste nerveux, il passa ses doigts dans ses mèches noires, alla prendre une chaise et s'assit à califourchon. « Je l'ai vu », annonça-t-il, en regardant Mme de Fontanin pâlir. « Je viens de sa part. Il regrette. Comme il est malheureux ! » Il ne la quittait pas des yeux ; il semblait, en l'enveloppant de son regard obstinément joyeux, vouloir calmer cette souffrance qu'il lui apportait.

— « Il est à Paris ? » balbutia-t-elle, sans songer à ce qu'elle disait, puisqu'elle savait que Jérôme était venu lui-même l'avant-veille, jour anniversaire de la naissance de Jenny, déposer pour sa fille cet appareil de photographie, chez la concierge. Où qu'il fût, jamais encore il n'avait omis de fêter un anniversaire des siens. « Vous l'avez vu ? » reprit-elle d'une voix distraite, sans que l'expression de son visage parvint à se fixer. Depuis des mois, elle pensait à lui d'une manière continuelle mais si diffuse, qu'une torpeur spéciale l'envahissait maintenant, dès qu'il était question de lui.

— « Il est malheureux », répéta le pasteur avec insistance. « Il est bourré de remords. Sa piteuse créature est toujours chanteuse, mais il est dégoûté réellement, il ne veut plus la revoir jamais. Il dit qu'il ne peut vraiment vivre sans sa femme, sans ses enfants ; et je crois c'est vrai. Il demande votre pardon ; il promet tout pour rester encore votre mari ; il vous prie de chasser votre volonté de divorce. Sa face, je l'ai perçu, est maintenant la face du Juste : il est réellement droit-homme, et bon. »

Elle se taisait et regardait vaguement devant elle. Ses joues pleines, le menton un peu empâté, la bouche molle et sensible, respiraient tant de mansuétude, que Gregory crut qu'elle pardonnait.

— « Il dit que vous allez tous deux, ce mois, chez le tribunal du juge », continuait-il, « pour la conciliation ; et qu'après seulement commencera la véritable machination de divorce. Alors il mendie, parce qu'il est

vraiment changé entièrement. Il dit qu'il
n'est pas ce qu'il paraît, et meilleur que
nous croyons. Je pense cela aussi. Il désire
maintenant travailler, s'il trouve travail.
Et, si vous voulez, il vivra ici avec vous,
dans un chemin renouvelé et réparateur. »

Il vit la bouche se crisper et un tremblement agiter le bas du visage. Elle secoua les
épaules, tout à coup, et dit :

— « Non. »

Le ton était tranchant, le coup d'œil
douloureux et hautain. Sa décision semblait
irréductible. Gregory renversa la tête, ferma
les yeux et resta un long moment silencieux.

— « *Look here* », dit-il enfin, d'une voix
très différente, lointaine et sans chaleur.
« Je vais vous dire une histoire, voulez-vous,
que vous ne connaissez pas. C'est l'histoire
d'un homme qui aimait un être. Je dis ;
écoutez. Il était fiancé, encore très jeune
homme, à une pauvre fille, si bonne et belle,
si vraiment aimée de Dieu, que lui aussi
l'aimait... » Son regard devint pesant.
« ... avec toute son âme », accentua-t-il.
Puis il sembla faire un effort, chercher où
il en était, et reprit, assez vite : « Alors,

après le mariage, c'est ainsi que cela est
arrivé : cet homme, il a perçu que sa femme,
elle ne l'aimait pas lui seulement, mais
qu'elle aimait un autre homme qui était
leur ami et qui venait dans la maison comme
un frère des deux. Alors le pauvre mari a
emmené sa femme dans un long voyage,
pour aider qu'elle oublie ; mais il a compris
qu'elle aimerait toujours maintenant l'autre
homme-ami, mais non plus jamais lui : et
l'enfer a commencé pour eux. Il a vu sa
femme souffrant l'adultère dans son corps ;
et puis dans son cœur, et à la fin jusque
dans son âme, car elle devenait injuste et
mauvaise. Oui », fit-il gravement, « cette
chose-là était réellement terrible : elle devenait mauvaise à cause de l'amour contrarié ;
et lui aussi devenait mauvais, parce que le
négatif était tout autour d'eux. Alors, qu'est-
ce que vous croyez qu'il a fait, cet homme ?
Il priait. Il pensait : " J'aime un être, je dois
éviter le mauvais pour cet être. " Et joyeuse-
ment, il a invité sa femme et son ami dans
sa propre chambre, devant le Nouveau Testament, et il a dit : "Soyez mariés solennel-
lement l'un avec l'autre devant Dieu, par
moi-même. " Ils pleuraient tous les trois.

Mais il a dit après : " N'ayez pas crainte : moi, je quitte ; et jamais plus je reviendrai encore importuner votre bonheur. " »

Gregory mit sa main devant ses yeux, et prononça, à voix basse :

— « Ah, *dear*, quelle récompense de Dieu, que le souvenir d'un si total amour-sacrifice ! » Puis il releva le front : « Et il a fait comme il a dit : il a laissé tout son argent pour eux, parce qu'il était riche excessivement, et elle pauvre comme le misérable Job. Il est parti loin, de l'autre côté du monde, et je sais, il est tout seul encore depuis dix-sept années, sans argent, et il gagne sa propre vie, comme moi je peux faire, comme un simple infirmier disciple de la *Christian Scientist Society.* »

Mme de Fontanin l'examinait avec émotion.

— « Attendez », fit-il avec vivacité, « je vous dirai la fin maintenant. » Son visage était tiraillé en tous sens, et, sur le dossier de la chaise où il s'accoudait, ses doigts de squelette s'entrelacèrent brusquement. « Le pauvre, il pensait qu'il laissait le bonheur derrière lui pour eux, et qu'il emportait avec lui toutes les mauvaises choses ; mais ici est le secret de Dieu : c'est le mauvais qui est resté avec eux, là-bas. Ils ont ri de lui. Ils ont trahi l'Esprit. Ils acceptaient son sacrifice, pleurant, et dans leurs cœurs, ils moquaient. Ils disaient mensonges à propos de lui dans toute la *gentry*. Ils ont promené des lettres de lui. Ils ont fait étalage contre lui de sa fictive complaisance. Même ils ont dit qu'il avait abandonné sa femme sans un penny, pour la possession d'une autre femme en Europe. Ils ont dit ces choses, oui ! Et ils ont payé un jugement de divorce contre lui. »

Il baissa les paupières une seconde, fit entendre une sorte de gloussement rauque, se leva, et, soigneusement, s'en fut replacer sa chaise où il l'avait prise. Toute trace de douleur était effacée de son visage.

— « Eh bien », reprit-il en se penchant vers Mme de Fontanin immobile, « tel est Amour, et si nécessaire est le pardon, que si, à l'instant même, cette chère perfide femme venait tout à coup près de moi pour dire : " James, je reviens maintenant sous le toit de votre maison. Vous serez de nouveau mon serviteur piétiné. Quand je veux, je rirai encore de vous. " Eh bien, je lui dirais : " Venez, prenez tout ce peu que j'ai. Je remercie Dieu pour votre retour. Et je ferai tellement grand effort pour être réellement bon devant vos yeux, que vous aussi, vous deviendrez bonne : car le Mauvais n'existe pas. " Oui, en vérité, *dear*, si jamais ma Dolly vient un jour à mes côtés pour demander son refuge, voilà comme je ferai avec elle. Et je ne dirai pas : " Dolly, je pardonne ", mais seulement : " Christ vous garde ! " Et ainsi mes paroles ne me reviendront pas à vide : parce que le Bien est le seul pouvoir capable de mettre le frein sur le Négatif ! » Il se tut, croisa les bras, saisit à pleine main son menton anguleux, et, d'une voix chantante de prédicant : « Vous, de même vous devez faire, Madame Fontanin. Parce que vous aimez cet être de tout votre amour, et Amour c'est Justice. Christ a dit : *Si votre Justice n'est pas autre que celle du scribe usuel ou du pharisien, vous n'entrerez pas dans le Royaume.* »

La pauvre femme secoua la tête :

— « Vous ne le connaissez pas, James », murmura-t-elle. « L'air est irrespirable autour de lui. Partout il apporte le mal. Il détruirait de nouveau notre bonheur. Il contaminerait les enfants. »

— « Quand Christ a touché la plaie du léprosé avec sa main, ce n'est pas la main de Christ qui est devenue épidémique, mais le léprosé qui a été nettoyé. »

— « Vous dites que je l'aime, non, ce n'est pas vrai ! Je le connais trop bien maintenant. Je sais ce que valent ses promesses. J'ai pardonné trop souvent. »

— « Quand Pierre demande à Christ combien il devra pardonner son frère : *Faut-il jusqu'à sept fois ?* Alors Christ répond : *Qu'est-ce que c'est, jusqu'à sept fois ? Moi je dis jusqu'à soixante et dix fois sept fois.* »

— « Je vous dis que vous ne le connaissez pas, James ! »

— « Qui donc peut penser : *Je connais mon frère ?* Christ a dit : *Je ne juge aucun.* Et moi, Gregory, je dis : Celui qui vit une vie de péché sans être trouble et malheureux dans son cœur, c'est parce qu'il est encore loin de l'heure de vérité ; mais il est bien près de l'heure de vérité, celui qui pleure parce que sa vie est dans le péché. Je vous dis, il regrette, il avait la face du Juste. »

— « Vous ne savez pas tout, James. Demandez-lui ce qu'il a fait quand cette femme a dû fuir en Belgique pour échapper

aux créanciers qui la traquaient. Elle était
partie avec un autre ; il a tout quitté pour
les suivre et consenti à toutes les compro-
missions. Il a tenu pendant deux mois une
place de contrôleur dans le théâtre où elle
chantait ! Je vous dis que c'est une honte.
Elle continuait à vivre avec son violoniste,
il acceptait tout, il dînait chez eux, il venait
faire de la musique avec l'amant de sa maîtresse. La face du Juste ! Vous ne le comprenez pas. Aujourd'hui, il est à Paris,
repentant, il dit qu'il a quitté cette femme,
qu'il ne veut plus la revoir. Pourquoi donc
alors paye-t-il ses dettes, si ce n'est pour se
l'attacher à nouveau ? Car il désintéresse un
à un les créanciers de Noémie. Oui, voilà
pourquoi il est à Paris ! Avec quel argent !
Le mien, celui de ses enfants. Tenez, voici
trois semaines, savez-vous ce qu'il a fait ?
Il a hypothéqué notre propriété de Maisons-
Laffitte pour jeter vingt-cinq mille francs à
un créancier de Noémie qui perdait patience ! »

Elle baissa le front ; elle ne disait pas
tout. Elle se souvenait de cette convocation
chez le notaire, à laquelle elle s'était rendue
sans méfiance, et où elle avait trouvé Jérôme
à la porte, qui l'attendait. Il avait besoin

de sa procuration pour l'hypothèque, parce que la propriété lui appartenait à elle, par héritage. Il l'avait implorée, prétextant qu'il était sans le sou, acculé au suicide ; et il faisait, sur le trottoir, le geste de retourner ses poches. Elle avait cédé, presque sans lutte; elle l'avait accompagné chez le notaire, pour qu'il cessât de la harceler ainsi, en pleine rue, — et aussi parce qu'elle était elle-même à court d'argent, et qu'il lui avait promis de prélever sur la somme quelques billets de mille francs, dont elle avait besoin pour vivre six mois, en attendant le règlement des comptes après le divorce.

— « Je vous répète que vous ne le connaissez pas, James. Il vous jure que tout est changé, qu'il désire vivre près de nous ? Si je vous apprenais qu'avant-hier, lorsqu'il est venu déposer en bas son cadeau pour l'anniversaire de Jenny, il avait laissé, à cent mètres de notre porte, une voiture... dans laquelle il n'était pas venu seul ! » Elle frissonna ; elle revit soudain, sur le banc du quai des Tuileries, Jérôme et cette petite ouvrière en noir, qui pleurait. Elle se leva : « Voilà l'homme qu'il est », cria-t-elle : « tout sens moral est chez lui à ce point

aboli, qu'il se fait accompagner par une
maîtresse de rencontre le jour où il va
souhaiter la fête de sa fille ! Et vous dites
que je l'aime encore, non, ce n'est pas vrai ! »
Elle s'était redressée ; elle semblait vraiment, à ce moment-là, le haïr.

Grégory la considéra sévèrement :

— « Vous n'êtes pas dans la vérité », dit-
il. « Même en pensée, devons-nous rendre mal
pour mal ? L'Esprit est tout. Le Matériel
est esclave du Spirituel. Christ a dit... » Les
aboyements de Puce lui coupèrent la parole.
« Voilà votre damné barbu docteur ! »
grommela-t-il, avec une grimace. Il courut
reprendre sa chaise, et s'assit.

La porte s'ouvrit en effet. C'était Antoine,
que suivaient Jacques et Daniel.

Il entrait de son pas résolu, ayant accepté
les conséquences de cette visite. La lumière
des fenêtres ouvertes frappait en plein son
visage ; ses cheveux, sa barbe formaient une
masse sombre ; tout l'éclat du jour se con-
centrait sur le rectangle blanc du front,
auquel il prêtait le rayonnement du génie ;
et, bien qu'il fût de taille moyenne, il eut
un instant l'air grand. Mme de Fontanin
le regardait venir, et toute sa sympathie

réveillée se dilatait soudain. Tandis qu'il s'inclinait devant elle et qu'elle lui prenait les mains, il reconnut Gregory, et fut mécontent de le trouver là. Le pasteur lui fit, de sa place, un signe de tête cavalier.

Jacques, à l'écart, examinait curieusement l'étrange bonhomme ; et Gregory, à califourchon sur sa chaise, le menton sur ses bras croisés, le nez rouge, la bouche grimaçant un incompréhensible sourire, contemplait les jeunes gens avec bonhomie. A ce moment, Mme de Fontanin s'approcha de Jacques, et l'expression de ses yeux était si affectueuse, qu'il se souvint du soir où elle l'avait tenu pleurant dans ses bras. Elle-même y songeait, car elle s'écria :

— « Il a tellement grandi que je n'oserai plus... » ; et comme, ce disant, elle l'embrassait, elle se mit à rire avec un rien de coquetterie : « C'est vrai que je suis une maman ; et vous êtes un peu comme le frère de mon Daniel... » Mais elle vit que Gregory s'était levé et qu'il s'apprêtait à partir : « Vous ne vous en allez pas, James ? »

— « Pardonnez-moi », fit-il, « maintenant je dois quitter. » Il serra vigoureusement les mains des deux frères, et vint à elle.

— « Encore un mot », lui dit Mme de Fontanin, en l'accompagnant hors de la pièce. « Répondez-moi franchement. Après ce que je vous ai appris, pensez-vous encore que Jérôme soit digne de reprendre sa place auprès de nous ? » Elle l'interrogeait des yeux. « Pesez votre réponse, James. Si vous me dites : " Pardonnez ", — je pardonnerai. »

Il se taisait ; son regard, son visage exprimaient cette universelle pitié où se complaisent ceux qui croient être en possession de la Vérité. Il crut voir comme une lueur d'espérance passer dans les yeux de Mme de Fontanin. Ce n'était pas ce pardon-là que Christ désirait d'elle. Il détourna la tête, et fit entendre un ricanement réprobateur.

Elle le prit alors par le bras et fit mine de le congédier affectueusement :

— « Je vous remercie, James. Dites-lui que c'est non. »

Il n'écoutait pas ; il priait pour elle.

— « Que Christ règne sur votre cœur », murmura-t-il, en s'éloignant sans la regarder.

Lorsqu'elle revint dans le salon où Antoine, regardant autour de lui, songeait à sa première visite, Mme de Fontanin dut faire effort pour refouler son agitation.

— « Comme c'est gentil d'avoir accompagné votre frère », s'écria-t-elle, forçant un peu sa bienvenue. « Asseyez-vous là ». Elle désignait à Antoine un siège auprès d'elle. « Nous ferons bien aujourd'hui de ne pas compter sur les jeunes pour nous tenir compagnie... »

Daniel avait en effet passé son bras sous celui de Jacques et l'entraînait vers sa chambre. Ils étaient de même taille maintenant. Daniel ne s'attendait pas à trouver son ami si transformé : son amitié en était affermie, et plus pressant son désir de confidence. Dès qu'ils furent seuls, sa figure s'anima, prit une expression mystérieuse :

— « D'abord que je te prévienne : tu vas la voir : c'est une cousine qui habite avec nous. Elle est... divine ! » Surprit-il un léger embarras dans l'attitude de Jacques ? Fut-il troublé par un scrupule tardif ? « Mais parlons de toi », fit-il avec un sourire aimable ; il gardait jusque dans la camaraderie une courtoisie un peu cérémonieuse. « Depuis un an, pense donc ! » Et comme Jacques se taisait : « Oh, rien encore », reprit-il en se penchant. « Mais j'ai bon espoir. »

Jacques fut gêné par l'insistance du coup d'œil, par le timbre de la voix. Il s'apercevait enfin que Daniel n'était pas tout à fait comme avant, mais il n'eût su dire en quoi. Ses traits étaient restés les mêmes ; peut-être l'ovale du visage s'était-il allongé ; mais la bouche avait toujours la même circonflexion compliquée, mieux accusée encore par le liseré de la moustache ; et il avait conservé la même façon de sourire d'un seul côté, qui dérangeait brusquement l'ordonnance des lignes et découvrait les dents du haut, à gauche ; peut-être ses yeux brillaient-ils d'un éclat moins pur ; peut-être ses sourcils obéissaient-ils davantage à cette tension vers les tempes, qui donnait au regard une douceur glissante ; et peut-être aussi laissait-il percer dans sa voix, dans ses manières, une sorte de désinvolture qu'il ne se fût pas permise jadis ?

Jacques examinait Daniel sans songer à lui répondre ; et, à cause peut-être de cette nonchalance impertinente qui l'agaçait et

le séduisait en même temps, il se sentit tout
à coup porté vers son ami par un retour de
cette tendresse passionnée qu'il éprouvait
au lycée ; il en eut les larmes aux yeux.

— « Eh bien, voyons, depuis un an ?
Raconte ! » s'écria Daniel qui ne tenait pas
en place, et qui s'assit pour se contraindre à
l'attention.

Son attitude décelait l'affection la plus
vraie ; cependant Jacques y perçut une
application qui le paralysa. Il commença
néanmoins à parler de son séjour au pénitencier. Il retombait, sans le vouloir précisément, dans les mêmes clichés littéraires qu'il
avait essayés sur Lisbeth ; une espèce de
pudeur l'empêchait de raconter nûment ce
qu'avait été là-bas sa vie de chaque jour.

— « Mais pourquoi m'écrivais-tu si peu ? »

Jacques éluda la véritable raison, qui était
de mettre son père à l'abri de toute critique
malveillante ; ce qui ne l'empêchait d'ailleurs
pas, quant à lui, de désapprouver M. Thibault en tout.

— « La solitude, tu sais, ça vous change »,
expliqua-t-il après une pause ; et rien que
d'y songer mit sur son visage une expression
de stupeur. « On devient indifférent à tout.

Il y a aussi comme une peur vague qui ne vous quitte pas. On fait des gestes, mais sans penser à rien. A la longue, on ne sait presque plus qui on est, on ne sait même plus bien si on existe. On finirait par en mourir, tu sais... Ou par devenir fou », ajouta-t-il en fixant devant lui un regard interrogateur. Il frémit imperceptiblement, et, changeant de ton, conta la visite d'Antoine à Crouy.

Daniel l'écoutait sans l'interrompre. Mais dès qu'il vit que la confession de Jacques se terminait, sa physionomie se ranima.

— « Je ne t'ai même pas dit son nom », lança-t-il : « Nicole. Tu aimes ? »

— « Beaucoup », dit Jacques, qui, pour la première fois, réfléchissait au prénom de Lisbeth.

— « Un nom qui lui va. Je trouve. Tu verras. Pas jolie, jolie, si tu veux. Mais plus que jolie : fraîche, pleine de vie, des yeux ! » Il hésita : « Appétissante, tu comprends ? »

Jacques évita son regard. Lui aussi eut souhaité parler à cœur ouvert de son amour ; c'est pour cela qu'il était venu. Mais, dès les premières confidences de Daniel, il s'était senti mal à l'aise ; et maintenant encore il l'écoutait les yeux baissés, avec un sentiment de contrainte, presque de honte.

— « Ce matin », narrait Daniel, réprimant mal son entrain, « maman et Jenny étaient sorties de bonne heure ; alors nous étions seuls à prendre le thé, Nicole et moi. Seuls dans l'appartement. Elle n'était pas habillée encore. C'était exquis. Je l'ai suivie dans la chambre de Jenny, où elle couche. Alors, mon cher, cette chambre, ce lit de jeune fille... Je l'ai saisie dans mes bras. Un instant. Elle s'est débattue, mais elle riait. Ce qu'elle est souple ! Alors elle s'est sauvée, elle s'est enfermée dans la chambre de maman, elle n'a jamais voulu ouvrir... Je te raconte ça, c'est idiot », reprit-il en se levant. Il voulut sourire, mais ses lèvres restaient crispées.

— « Tu veux l'épouser ? » demanda Jacques.

— « Moi ? »

Jacques eut une impression pénible, comme s'il eût essuyé une offense. De minute en minute son ami lui devenait étranger. Un regard curieux, un peu moqueur, dont Daniel l'enveloppa, acheva de le glacer.

— « Mais toi ? questionna Daniel », en se rapprochant. « D'après ta lettre, toi aussi, tu... »

Jacques, les yeux toujours baissés, secoua la tête. Il semblait dire : « Non, c'est fini, de moi tu ne sauras rien. » D'ailleurs sans même attendre de réponse, Daniel venait de se lever. Un bruit de voix jeunes arrivait jusqu'à eux.

— « Tu me raconteras... Les voilà, viens! » Il jeta un regard vers la glace, redressa la tête et s'élança dans le couloir.

— « Mes enfants », appelait Mme de Fontanin, « si vous voulez goûter... »

Le thé était servi dans la salle à manger.

Dès la porte, Jacques, le cœur battant, aperçut deux jeunes filles près de la table. Elles avaient encore leurs chapeaux, leurs gants, et le teint avivé par la promenade. Jenny vint au-devant de Daniel et se pendit à son bras. Il ne parut pas y prendre garde, et, poussant Jacques vers Nicole, fit les présentations avec une aisance enjouée. Jacques sentit glisser sur lui la curiosité de Nicole, et peser le regard investigateur de Jenny ; il détourna les yeux vers Mme de Fontanin, qui debout près d'Antoine dans la porte du salon, achevait une conversation commencée :

— « ... inculquer aux enfants », disait-
elle en souriant avec mélancolie, « qu'il n'y
a rien de plus précieux que la vie, et qu'elle
est incroyablement courte. »

Il y avait longtemps que Jacques ne s'était
trouvé au milieu de personnes étrangères,
et ce spectacle le passionnait au point de
lui enlever toute sa timidité. Jenny lui parut
petite et plutôt laide, tant Nicole avait
d'élégance naturelle et d'éclat. En ce moment elle causait avec Daniel et riait.
Jacques ne distinguait pas leurs paroles.
Elle levait sans cesse les sourcils en signe
d'étonnement et de joie. Ses yeux, d'un gris
bleu ardoisé, peu profonds, trop écartés et
peut-être trop ronds, mais lumineux et gais,
entretenaient un perpétuel renouvellement
de vie sur son visage blanc et blond, tout en
chair, qu'alourdissait une épaisse natte, rou-
lée en couronne autour de sa tête. Elle avait
une façon de se tenir un peu penchée en
avant, qui lui donnait toujours l'air d'ac-
courir vers un ami, d'offrir à tout venant la
vivacité animale de son sourire. Jacques,
en la dévisageant, revenait malgré lui au
mot de Daniel qui lui avait si fort déplu :
appétissante... Elle se sentit examinée et

perdit aussitôt de son naturel, en l'exagé-
rant.

C'est que Jacques ne se souciait nullement
de dissimuler l'intérêt que lui inspiraient
les êtres ; il avait l'ingénuité de l'enfant qui
contemple, bouche bée : son visage devenait
fixe, son regard inanimé. Autrefois, avant
son retour de Crouy, il n'était pas ainsi ; il
coudoyait les gens avec tant d'indifférence
qu'il ne reconnaissait jamais personne. Maintenant, où qu'il fût, dans un magasin, dans
la rue, son coup d'œil happait les passants.
Il n'analysait d'ailleurs pas ce qu'il découvrait en eux ; mais sa pensée travaillait à
son insu ; car il lui suffisait d'avoir surpris
une particularité de physionomie ou d'attitude, pour que ces inconnus, croisés par
hasard, devinssent dans son imagination
des personnages spéciaux, auxquels il attri-
buait des caractéristiques individuelles.

Mme de Fontanin le tira de sa rêverie en
posant la main sur son bras.

— « Venez goûter près de moi », lui dit-
elle. « Faites-moi maintenant une petite
visite ». Elle lui confia une tasse, une assiette.
« Je suis si contente de vous voir ici. Jenny,
ma mignonne, offre-nous du gâteau. Votre

251

frère vient de me raconter la vie que vous menez tous les deux, dans le petit appartement. Je suis si contente ! Deux frères qui s'entendent comme de vrais amis, voilà une si ravissante chose ! Daniel et Jenny s'entendent bien, eux aussi, c'est ma grande joie. Et cela te fait sourire, mon grand », dit-elle à Daniel qui s'approchait avec Antoine. « Il faut toujours qu'il se moque de sa vieille maman. Embrasse-moi pour ta punition. Devant tout le monde. »

Daniel riait, un tant soit peu gêné peutêtre ; mais il s'inclina et effleura de ses lèvres la tempe maternelle. Ses moindres gestes avaient de la grâce.

Jenny, de l'autre côté de la table, suivait la scène ; elle eut un délicat sourire, qui enchanta Antoine. Elle ne résista pas à venir de nouveau se suspendre au bras de Daniel. « Encore une », pensa Antoine, « qui donne plus qu'elle ne reçoit. » Dès sa première visite, ce regard de femme dans cette figure d'enfant, l'avait intrigué. Il remarqua le joli mouvement d'épaules, qui lui échappait de temps à autre, pour soulever hors du corset sa poitrine naissante, puis doucement la laisser reprendre sa place. Elle ne ressemblait en rien à sa mère ; pas davantage à Daniel ; et l'on ne s'en étonnait pas : elle paraissait née pour une vie différente des autres.

Mme de Fontanin buvait son thé à petites lampées, tenant la tasse tout près de son visage rieur, et, à travers la buée, elle faisait de petits signes d'amitié à Jacques. Son regard, à force de clarté et de tendresse, donnait une impression de lumière, de chaleur ; et ses cheveux blancs couronnaient, comme un étonnant diadème, son front jeune, largement découvert. Les yeux de Jacques allaient de la mère au fils. Il les aimait tous deux, à cette minute, avec tant de force qu'il souhaitait ardemment que cela se vît ; car il éprouvait plus qu'un autre le besoin de n'être pas méconnu. Sa curiosité des êtres allait jusque-là : jusqu'à briguer une place dans leur pensée intime, jusqu'à désirer fondre sa vie dans la leur.

Devant la fenêtre, une contestation s'élevait entre Nicole et Jenny, à laquelle Daniel vint prendre part. Ils se penchèrent tous trois sur l'appareil de photographie, afin de vérifier s'il y restait ou non un dernier cliché à prendre.

— « Pour me faire plaisir ! » s'écria tout
à coup Daniel, de cette voix chaude qu'il
n'avait pas autrefois, fixant sur Nicole son
regard caressant et impérieux. « Si ! Telle
que vous êtes là, en chapeau ; et mon ami
Thibault près de vous !

« Jacques ! » appela-t-il ; et plus bas :
« Je vous en prie, je veux absolument vous
prendre ensemble ! »

Jacques les rejoignit. Daniel les entraîna
de force dans le salon, où la lumière, disait-il,
était meilleure.

Mᵐᵉ de Fontanin et Antoine s'attardaient
dans la salle à manger.

— « Je tiens à ce que vous ne vous
mépreniez pas sur cette visite », concluait
Antoine, avec cette brusquerie qui lui semblait donner à ses paroles l'accent de la
franchise. « S'il savait que Jacques est ici,
et que c'est moi qui l'y amène, je crois qu'il
soustrairait mon frère à mon influence, et
que tout serait à recommencer. »

— « Pauvre homme », murmura Mᵐᵉ de
Fontanin, sur un tel ton qu'Antoine sourit :

— « Vous le plaignez ? »

254

— « De n'avoir pas su mériter la confiance de fils tels que vous.

— « Ce n'est pas sa faute, et ce n'est pas non plus la mienne. Mon père est ce qu'il est convenu d'appeler un homme éminent et respectable. Je le respecte. Mais, que voulez-vous ? Jamais, sur aucun point, nous ne pensons, je ne dis pas seulement la même chose, mais je dis : d'une manière analogue. Jamais, quel que soit le sujet, nous n'avons pu nous placer au même point de vue. »

— « Tous n'ont pas encore reçu la lumière. »

— « Si c'est à la religion que vous pensez, » dit vivement Antoine, « mon père est excessivement religieux ! »

Mme de Fontanin hocha la tête.

— « L'apôtre Paul était déjà d'avis que ce ne sont pas ceux qui écoutent la Loi qui sont justes devant Dieu, mais ceux qui la mettent en pratique. »

Elle éprouvait pour M. Thibault, qu'elle croyait plaindre de tout son cœur, une antipathie instinctive et farouche. L'interdiction dont son fils, sa maison, dont elle-même était l'objet, lui paraissait odieusement injuste et motivée par les plus viles raisons. Se sou-

venant avec répugnance de l'aspect du gros
homme, elle ne lui pardonnait pas de suspecter ce à quoi elle attachait le plus haut
prix : son élévation morale, son protestantisme. Et elle savait d'autant plus gré à
Antoine d'avoir cassé le jugement paternel.

— « Et vous », demanda-t-elle avec une
soudaine appréhension, « est-ce que vous
êtes resté pratiquant ? »

Il fit signe que non, et elle en fut si heureuse que son visage s'éclaira.

— « La vérité est que j'ai pratiqué fort
tard », expliqua-t-il. Il lui semblait que la
présence de Mme de Fontanin le rendît plus
lucide ; plus loquace, assurément. C'est
qu'elle avait une façon prévenante d'écouter qui prêtait de la valeur à ses interlo-
cuteurs et les encourageait à se hisser pour
elle au-dessus de leur niveau habituel. « Je
suivais la routine, sans vraie piété. Dieu
était pour moi une espèce de proviseur
auquel rien ne pouvait échapper, et qu'il
était prudent de satisfaire à l'aide de certains gestes, d'une certaine discipline ;
j'obéissais, mais je n'y trouvais guère que
de l'ennui. J'étais un bon élève en tout ;
en religion aussi. Comment ai-je perdu la

foi ? Je n'en sais plus rien. Lorsque je m'en suis avisé, — il n'y a pas plus de quatre ou cinq ans — j'avais déjà par ailleurs atteint un degré de culture scientifique qui laissait peu de place à des croyances religieuses. Je suis un positif », fit-il, avec un sentiment de fierté ; à vrai dire, il exprimait là des idées qu'il improvisait, n'ayant guère eu occasion ni loisir de s'analyser si complaisamment. « Je ne dis pas que la science explique tout, mais elle constate ; et, moi, ça me suffit. Les *comment* m'intéressent assez pour que je renonce sans regret à la vaine recherche des *pourquoi*. D'ailleurs », ajouta· t-il rapidement et en baissant la voix, « entre ces deux ordres d'explications, il n'y a peut-être qu'une différence de degré? » Il sourit comme pour s'excuser: « Quant à la morale », reprit-il, « eh bien, elle ne me préoccupe guère. Je vous scandalise ? Voyez-vous, j'aime mon travail, j'aime la vie, je suis énergique, actif, et je crois avoir éprouvé que cette activité est par elle-même une règle de conduite. En tous cas, jusqu'à présent, je ne me suis jamais trouvé hésitant sur ce que j'avais à accomplir. »

Mme de Fontanin ne répondit rien. Elle

n'en voulait pas à Antoine de s'avouer si différent d'elle. Mais, en son for intérieur, elle remerciait davantage Dieu d'être si constamment présent dans son cœur. Elle puisait dans cette assistance une confiance surabondante et joyeuse, qui, véritablement, rayonnait d'elle : au point que, sans cesse malmenée par l'événement et plus malheureuse à beaucoup près que la plupart de ceux qui l'approchaient, elle avait néanmoins ce privilège d'être pour chacun une source de courage, d'équilibre, de bonheur. Antoine en faisait, à ce moment même, l'expérience ; jamais, dans l'entourage de son père, il n'avait rencontré personne qui lui inspirât cette réconfortante vénération, et autour de qui l'atmosphère fût à ce point exaltante à force d'être pure. Il désira faire un pas de plus vers elle, fût-ce au détriment de la vérité :

— « Le protestantisme m'a toujours attiré », affirma-t-il, bien qu'il n'eût jamais songé aux protestants avant d'avoir connu les Fontanin. « Votre Réforme c'est la Révolution sur le terrain religieux. Il y a dans votre religion des principes d'émancipation... »

Elle l'écoutait avec une sympathie grandissante. Il lui paraissait jeune, ardent, chevaleresque. Elle admirait sa physionomie vivante, le pli attentif de son front ; et, comme il relevait la tête, elle ressentit une joie enfantine à découvrir dans ses traits une particularité qui ajoutait au caractère réfléchi de son regard : la paupière supérieure était chez lui si étroite qu'elle disparaissait presque sous l'arcade sourcilière lorsqu'il avait les yeux grands ouverts, à tel point que les cils venaient presque doubler les sourcils et se confondre avec eux. « Celui qui possède un front pareil », pensait-elle, « est incapable de bassesse... » Alors cette pensée la traversa : qu'Antoine personnifiait l'homme digne d'être aimé. Elle était encore toute vibrante de son ressentiment contre son mari. « Lier sa vie à un être de cette trempe... » C'était la première fois qu'elle comparaît quelqu'un à Jérôme ; la première fois surtout qu'un regret précis l'effleurait, et ce soupçon qu'un autre eût pu lui apporter le bonheur. Ce ne fut qu'un élan, passionné, furtif, qui la troubla, d'un coup, jusqu'aux profondeurs, mais dont elle eut honte presqu'aussitôt, qu'elle maîtrisa du moins sur-le-champ, tan-

dis que s'évanouissait plus lentement l'amertume que la contrition, et peut-être le regret,
laissaient derrière eux.

L'entrée de Jenny et de Jacques acheva
de libérer son imagination. Du plus loin, avec
un geste accueillant, elle les appela près
d'elle, de crainte qu'ils ne pussent se croire
importuns. Mais, au premier coup d'œil, elle
eut l'intuition qu'il s'était passé quelque
chose entre eux.

Effectivement.

Aussitôt pris le cliché de Nicole et de
Jacques, Daniel avait offert de constater sur
l'heure s'il était réussi. Il avait, le matin,
promis à Jenny et à sa cousine de leur
apprendre à développer, et elles avaient déjà
préparé le nécessaire dans une penderie sans
emploi, située à l'extrémité du couloir, et
dont Daniel se servait naguère comme de
chambre noire. Ce placard était si étroit qu'il
était malaisé d'y tenir plus de deux. Aussi
Daniel avait-il manœuvré de telle sorte que
Nicole y entra la première ; alors, s'élançant
vers Jenny, et appuyant une main fébrile
sur son épaule, il lui avait glissé à l'oreille :
— « Tiens compagnie à Thibault. »

Elle lui avait jeté un regard clairvoyant, réprobateur ; mais elle avait consenti, tant avait d'action sur elle le prestige de son frère, tant était irrésistible cette façon qu'il avait d'exiger, par la voix, par l'effronterie du regard, par l'impatience de toute son attitude, que l'on se soumît sans différer à son désir.

Jacques, pendant cette courte scène, était demeuré en arrière, devant une vitrine du salon. Jenny le rejoignit, crut s'assurer qu'il n'avait rien surpris du manège de Daniel, et lui dit, avec une moue :

— « Et vous, est-ce que vous faites de la photo ? »

— « Non. »

Elle comprit à l'imperceptible gêne de la réponse qu'elle n'aurait pas dû poser la question ; elle se souvint qu'il venait d'être longtemps enfermé dans une espèce de cachot. Par association d'idées, et pour dire quelque chose, elle reprit :

— « Vous n'aviez pas revu Daniel depuis longtemps, n'est-ce pas ? »

Il baissa les yeux.

— « Non. Très longtemps. Depuis... Cela fait plus d'un an. »

Une ombre passa sur le visage de Jenny.
Sa seconde tentative n'était guère plus
heureuse que la première : elle semblait avoir
voulu rappeler à Jacques l'escapade de Marseille. Tant pis. Elle lui avait toujours gardé
rancune de ce drame ; à ses yeux, il en portait toute la responsabilité. De longue date,
sans le connaître, elle le détestait. En l'apercevant, ce soir-là au début du goûter, elle
s'était souvenu malgré elle du mal qu'il leur
avait fait ; et, dès le premier examen, il lui avait
déplu sans réserve. D'abord elle le jugeait
laid, même vulgaire, à cause de sa grosse
tête aux traits mal formés, de sa mâchoire,
de ses lèvres gercées, de ses oreilles, de ses
cheveux roux qui se cabraient en épi sur
le front. Vraiment elle ne pardonnait pas à
Daniel son attachement pour un tel camarade ; et, dans sa jalousie, elle s'était presque
réjouie de constater que le seul être qui osât
lui disputer une part de l'affection fraternelle,
eût si peu d'attraits.

Elle avait pris la petite chienne sur ses
genoux et la caressait distraitement. Jacques
gardait les yeux à terre, songeant lui aussi
à sa fugue, puis au soir où il avait pour la
première fois franchi le seuil de cette maison.

— « Est-ce que vous trouvez qu'il a beaucoup changé ? » demanda-t-elle afin de rompre le silence.

— « Non », fit-il ; mais, se ravisant soudain : « Pourtant si, tout de même. »

Elle remarqua ce scrupule, et lui sut gré d'être sincère ; pendant une seconde, il lui fut moins antipathique. Cette fugitive rémission fut-elle perceptible à Jacques ? Il cessa de penser à Daniel. Il regardait Jenny et se posait des questions à son sujet. Il n'aurait pas su exprimer ce qu'il entrevoyait de sa nature ; cependant, sous ce visage à la fois expressif et clos, au fond de ces prunelles vivantes mais qui ne trahissaient pas leur secret, il avait deviné l'instabilité nerveuse et le perpétuel frémissement de la sensibilité. L'idée lui vint qu'il serait doux de la mieux connaître, de pénétrer ce cœur fermé, peut-être même de devenir l'ami de cette enfant ? L'aimer ? Une minute il y rêva : ce fut une minute de béatitude. Il avait tout oublié de ses misères passées, il ne lui semblait plus possible d'être jamais malheureux. Ses regards allaient et venaient autour de la pièce, effleurant Jenny avec un mélange d'intérêt et de timidité, qui l'empêchait

de remarquer combien l'attitude de la jeune
fille était réservée, défensive. Tout à coup,
par un renversement fatal de sa pensée,
Lisbeth lui apparut : petite chose, familière,
domestique, presque rien. Épouser Lisbeth ? La puérilité de cette hypothèse lui
apparaissait pour la première fois. Alors ?
Un vide soudain se creusait dans sa vie,
un vide affreux qu'il fallait combler à tout
prix,— que Jenny eût tout naturellement
comblé, — mais...

— « ... dans un collège ? »

Il tressaillit. Elle lui parlait.

— « Pardon ? »

— « Vous êtes dans un collège ? »

— « Pas encore », fit-il, tout troublé. « Je
suis très en retard. Je prends des leçons avec
des professeurs, des amis de mon frère. »
Il ajouta, sans penser à mal : « Et vous ? »

Elle fut offensée qu'il se permît de l'interroger, et plus encore par son regard
amical. Elle répondit d'un ton sec :

— « Non, je ne vais dans aucune école ;
je travaille avec une institutrice. »

Il eut un mot malencontreux :

— « Oui, pour une fille, ça n'a pas d'im-
portance. »

Elle se rebiffa :

— « Ce n'est pas l'avis de maman. Ni de Daniel. »

Elle le dévisageait avec des yeux franchement hostiles. Il s'aperçut de sa maladresse, voulut se rattraper, crut dire quelque chose d'aimable :

— « Une fille en sait toujours assez pour ce qu'elle a besoin ...»

Il comprit qu'il s'enferrait ; il n'était maître ni de ses pensées, ni de ses paroles ; il eut l'impression que le pénitencier avait fait de lui un imbécile. Il rougit, puis, tout à coup, cette bouffée de chaleur qui lui montait au visage l'étourdit, et il ne vit plus d'autre issue que dans la colère. Il chercha, pour se venger, un trait qu'il ne trouva pas, perdit tout bon sens, et lança avec cet accent de gouaillerie vulgaire que prenait souvent son père :

— « Le principal ne s'apprend pas dans les écoles : c'est d'avoir bon caractère ! »

Elle se retint au point de ne pas même hausser les épaules. Mais comme Puce venait de bâiller bruyamment :

— « Oh, la vilaine ! La mal élevée ! » fit-elle d'une voix qui tremblait de rage.

« Oh, la mal élevée ! » répéta-t-elle encore une fois, avec une insistance triomphante. Puis elle mit la chienne à terre, se leva, et fut s'accouder au balcon.

Cinq longues minutes s'écoulèrent dans un silence intolérable. Jacques n'avait pas bougé de sa chaise ; il étouffait. Dans la salle à manger, la voix de Mme de Fontanin alternait avec celle d'Antoine. Jenny lui tournait le dos ; elle fredonnait un de ses exercices de piano ; son pied battait la mesure avec impertinence. Ah, elle raconterait tout à son frère, pour qu'il cessât de fréquenter ce malotru ! Elle le haïssait. A la dérobée, elle l'aperçut, rouge et digne. Son aplomb redoubla. Elle chercha ce qu'elle pourrait inventer afin de le blesser davantage.

— « Viens, Puce ! Moi, je m'en vais. »

Et, quittant le balcon, elle passa devant lui comme s'il n'existait pas, et se dirigea sans hâte vers la salle à manger.

Jacques craignit par-dessus tout, en restant là, de ne plus savoir ensuite comment s'en aller. Il la suivit donc, mais sans l'accompagner.

L'amabilité de Mme de Fontanin changea son ressentiment en mélancolie.

— « Ton frère vous a donc abandonnés ? »
dit-elle à sa fille.

Jenny, avec un visage fuyant, déclara :

— « J'ai demandé à Daniel de développer
mes clichés tout de suite. Oh, il n'en a pas
pour longtemps. »

Elle évitait le regard de Jacques, se dou-
tant bien qu'il n'était pas dupe : complicité
involontaire qui aggrava leur inimitié. Il
la jugea menteuse, et réprouva sa complaisance à couvrir la conduite de son frère.
Elle devinait son jugement et s'en trouvait
blessée dans son orgueil.

Mme de Fontanin leur souriait, et leur
faisait signe de s'asseoir.

— « Ma petite malade a joliment grandi »,
constata Antoine.

Jacques ne disait rien et regardait à terre.
Il sombrait dans le désespoir. Jamais il ne
redeviendrait comme autrefois. Il se sentait
malade, malade jusqu'au fond de l'âme, à
la fois faible et brutal, livré à ses impulsions,
jouet d'une implacable destinée.

— « Etes-vous musicien ? » lui demanda
Mme de Fontanin.

Il n'eut pas l'air de comprendre ce qu'elle
disait. Ses yeux s'emplirent de larmes ; il se

pencha vivement, et fit mine de renouer
le lacet de son soulier. Il entendit qu'Antoine
répondait pour lui. Ses oreilles bourdonnaient.
Il souhaita mourir. Jenny le regardait-
elle ?

Il y avait plus d'un quart d'heure déjà
que Daniel et Nicole étaient entrés dans le
cabinet noir.

Daniel s'était hâté de pousser le loquet et
de dérouler les pellicules hors de l'appareil :

— « Ne touchez pas à la porte », dit-il ;
« le moindre filet de jour voilerait toute la
bande. »

Aveuglée d'abord par l'obscurité, Nicole
aperçut bientôt, tout près d'elle, des ombres
incandescentes qui se mouvaient dans le
halo rouge de la lanterne ; et peu à peu
elle distingua deux mains de fantôme, longues, fines, tranchées au poignet, et qui balançaient une petite cuve. Elle ne voyait
rien d'autre de Daniel que ces deux tron-
çons animés ; mais le réduit était si étroit,
qu'elle sentait chacun de ses mouvements
comme s'il l'eût frôlée. Ils retenaient leur
souffle, songeant l'un et l'autre, par une

fatale obsession, au baiser du matin, dans la chambre.

— « Est-ce... qu'on voit quelque chose ? » murmura-t-elle.

Il ne voulut pas répondre tout de suite : il savourait la délicieuse angoisse dont était fait ce silence ; et, dispensé de toute retenue par les ténèbres, il s'était tourné vers Nicole et dilatait les narines pour aspirer l'air qui l'enveloppait.

— « Non, pas encore », scanda-t-il enfin.

Il y eut un nouveau silence. Puis, la cuvette que Nicole ne quittait pas du regard, devint immobile : les deux mains de flamme avaient déserté la lueur de la lampe. Ce fut un moment interminable. Brusquement, elle se sentit saisie à pleins bras. Elle n'eut aucune surprise et fut presque soulagée d'être délivrée de l'attente ; mais elle rejeta le buste en arrière, à droite, à gauche, pour fuir la bouche de Daniel qu'elle espérait et redoutait à la fois. Enfin leurs visages se trouvèrent. Le front brûlant de Daniel heurta quelque chose d'élastique, de glissant et de froid : la tresse que Nicole portait enroulée autour de la tête ; il ne put réprimer un frisson, un léger mouvement de recul ; elle en profita

pour lui dérober ses lèvres, juste le temps
d'appeler :

— « Jenny ! »

Il étouffa le cri avec sa main, et, debout,
appuyé de tout son corps sur celui de Nicole
qu'il écrasait contre la porte, il balbutiait,
entre ses dents serrées, comme s'il eût le
délire :

— « Tais-toi, laisse... Nicole... Chérie ado-
rée... Écoute-moi... »

Elle se défendait moins, il crut qu'elle
cédait. Elle avait glissé le bras derrière elle
et cherchait le verrou : brutalement le battant
céda, un flot de jour viola l'obscurité. Il
la lâcha et referma la porte. Mais elle avait
aperçu son visage ! Méconnaissable ! un masque chinois, livide, avec des plaques roses
autour des yeux qui les allongeaient vers les
tempes ; des pupilles rétractées, sans expression ; sa bouche tout à l'heure si mince,
et maintenant enflée, informe, entr'ouverte... Jérôme ! Il n'avait guère de ressem-
blance avec son père, et, dans ce jet impi-
toyable de lumière, c'était Jérôme qu'elle
avait vu !

— « Mes compliments », fit-il enfin, d'une
voix sifflante. « Tout le rouleau est perdu. »

Elle répondit posément :

— « Je veux bien rester, j'ai à vous parler. Mais ouvrez le loquet. »

— « Non, Jenny va venir. »

Elle hésita, puis :

— « Alors, jurez-moi que vous ne me toucherez plus. »

Il eut envie de sauter sur elle, de la bâillonner avec son poing, de déchirer son corsage ; em même temps, il se sentit vaincu.

— « Je le jure », dit-il.

— « Eh bien, alors, écoutez-moi, Daniel. Je... Je vous ai laissé aller beaucoup, beaucoup trop loin. J'ai eu tort ce matin. Mais, cette fois, je dis non. Ce n'est pas pour en arriver là que je me suis sauvée. » Elle avait prononcé ces derniers mots, vite et pour elle seule. Elle reprit, pour Daniel : « Je vous confie mon secret : je me suis sauvée de chez maman. Oh, contre elle, il n'y a rien à dire : elle est seulement très malheureuse... et entraînée. Je ne peux pas vous en dire davantage. » Elle fit une pause. L'image exécrée de Jérôme restait devant ses yeux. Le fils ferait d'elle ce qu'elle pensait que Jérôme avait fait de sa mère. « Vous ne me connaissez pas bien », reprit-elle hâtivement, car le silence de Daniel l'effrayait. « C'est ma faute, d'ailleurs, je le sais. Je n'ai pas été avec vous ce que je suis vraiment. Avec Jenny, oui. Avec vous, je me suis laissé aller, vous avez cru... Mais, au fond, non. Pas ça. Je ne veux pas d'une vie... d'une vie qui commencerait comme ça. Est-ce que ç'aurait été la peine de venir auprès d'une femme comme tante Thérèse ? Non ! Je veux... Vous allez vous moquer de moi, mais ça m'est égal : je veux pouvoir, plus tard... mériter le respect d'un homme qui m'aimera pour de vrai, pour toujours... D'un homme sérieux, enfin... »

— « Mais je suis sérieux », hasarda Daniel, avec un sourire piteux qu'elle devina au son de sa voix. Elle eut aussitôt conscience que tout danger était écarté.

— « Oh non », fit-elle presque gaîment. « Ne vous fâchez pas de ce que je vais vous dire, Daniel : vous ne m'aimez pas. »

— « Oh ! »

— « Mais non. Ce n'est pas moi que vous aimez, c'est... autre chose. Et moi non plus, je ne vous... Tenez, je vais être franche : je crois que jamais je ne pourrai aimer un homme comme vous. »

— « Comme moi ? »

— « Je veux dire : un homme comme tous les autres... Je veux... aimer, oui, plus tard, mais alors ce sera quelqu'un de... enfin quelqu'un de pur, qui sera venu à moi autrement... pour autre chose... Je ne sais pas comment vous expliquer. Enfin un homme très différent de vous.

— « Merci ! »

Son désir était tombé ; il ne songeait plus qu'à éviter de paraître ridicule.

— « Allons », reprit-elle, « la paix ; et n'y pensons plus. » Elle entr'ouvrit la porte ; cette fois, il la laissa faire. « Amis ? » fit-elle, en lui tendant la main. Il ne répondit pas. Il regardait ses dents, ses yeux, sa peau, ce visage étalé qu'elle offrait comme un fruit. Il eut un sourire forcé et ses paupières battirent. Elle prit sa main et la serra.

— « Ne gâchez pas ma vie », murmura-t-elle avec une inflexion câline. Et, drôlement, les sourcils levés : « Un rouleau de clichés, ça suffit pour aujourd'hui. »

Il consentit à rire. Elle ne lui en demandait pas tant, et en ressentit un peu de tristesse. Mais, en somme, elle était assez fière de sa victoire, et de l'opinion qu'il aurait d'elle, plus tard.

— « Eh bien ? » cria Jenny dès qu'ils reparurent dans la salle à manger.

— « Raté », fit Daniel sèchement.

Jacques, par dépit, en éprouva du plaisir. Nicole eut un sourire malicieux :

— « Complètement raté ! » répéta-t-elle.

Mais, voyant que Jenny détournait son visage crispé, et qu'un afflux de larmes troublait son regard, elle courut à elle et l'embrassa.

Jacques, depuis l'entrée de son ami, avait cessé de songer à lui-même : il ne pouvait détacher de Daniel son attention. Le masque de Daniel avait une expression nouvelle, pénible à voir : une contradiction entre le bas et le haut du visage, un désaccord entre le regard voilé, soucieux, fuyant, et le sourire cynique qui relevait la lèvre et désaxait les traits vers la gauche.

Leurs yeux se rencontrèrent. Daniel fronça légèrement les sourcils et changea de place.

Cette défiance blessa Jacques encore plus profondément que tout le reste. Depuis son arrivée, Daniel n'avait cessé de le décevoir. Il en prit conscience, enfin. Pas une minute de véritable contact entre eux : il n'avait même pas pu révéler à son ami le nom de Lisbeth ! Il crut un instant souffrir de cette désillusion ; il souffrait surtout, en réalité, mais sans bien s'en rendre compte, d'avoir osé pour la première fois porter sur son amour un jugement critique, et de s'en être ainsi lui-même dépossédé. Comme tous les enfants, il ne vivait que du présent, car le passé s'évanouissait tôt dans l'oubli, et l'avenir n'éveillait en lui qu'impatience. Or le présent s'obstinait à avoir aujourd'hui un intolérable goût d'amertume ; l'après-midi s'achevait dans un découragement sans limites. Et lorsqu'Antoine lui fit signe de s'apprêter pour le départ, ce fut une impression de soulagement pour lui.

Daniel avait aperçu le geste d'Antoine. Il se hâta de rejoindre Jacques.

— « Vous ne partez pas encore ? »

— « Mais si. »

— « Déjà ? » Il ajouta, plus bas : « On s'est si peu vu. »

Lui aussi ne recueillait de sa journée que du désappointement. Il s'y ajoutait du remords vis-à-vis de Jacques ; et, ce qui le navrait davantage encore, vis-à-vis de leur amitié.

— « Excuse-moi », fit-il tout à coup, en poussant Jacques dans l'embrasure de la fenêtre, avec un air humble et si bon, que Jacques, oubliant tous ses déboires, se sentit de nouveau soulevé par un élan de sa tendresse passée. « Aujourd'hui, ça tombait si mal... Quand te reverrai-je ? » continua Daniel d'une voix pressante. « Il faut que je te voye seul, longuement. Nous ne nous connaissons plus bien. Ce n'est pas extraordinaire, toute une année, pense donc ! Mais il ne le faut pas. »

Il se demanda soudain ce qu'allait devenir cette amitié, que, depuis si longtemps, rien n'alimentait plus, rien qu'une fidélité mystique dont ils venaient d'éprouver la fragilité. Ah, il ne fallait pas laisser dépérir ça ! Jacques lui paraissait un peu enfant ; mais son affection pour lui restait entière, et, qui sait ? plus vive peut-être de se sentir ainsi l'aînée.

— « Nous restons chez nous tous les dimanches », disait, au même moment, M\ :superscript mais M\ :superscript{me} de Fontanin à Antoine. « Nous ne quitterons Paris qu'après la distribution des prix. » Ses yeux s'éclairèrent. « Car Daniel a des prix », chuchota-t-elle, sans dissimuler son

276

orgueil. « Tenez », ajouta-t-elle brusquement, en s'assurant que son fils lui tournait le dos et ne pouvait l'entendre, « venez, je veux vous montrer mes trésors. » Elle s'élança gaîment vers sa chambre ; Antoine l'accompagna. Dans un tiroir de son secrétaire, gisaient, alignées, une vingtaine de couronnes de lauriers en carton peint. Elle referma presqu'aussitôt le meuble et se mit à rire, un peu gênée de s'être laissé aller à cet enfantillage. « Ne le dites pas à Daniel », dit-elle, « il ne sait pas que je les garde. »

Ils revinrent en silence jusqu'au vestibule.

— « Eh bien, Jacques ? » appela Antoine.

— « Aujourd'hui, ça ne compte pas », dit Mme de Fontanin en tendant à Jacques ses deux mains : elle le regardait avec insistance ; on eût dit qu'elle avait tout deviné. « Vous êtes ici chez des amis, mon petit Jacques : toutes les fois que vous voudrez venir, vous serez le bienvenu. Et le grand frère aussi, cela va sans dire », reprit-elle en se tournant vers Antoine, avec un geste gracieux.

Jacques chercha Jenny des yeux ; mais

elle avait disparu avec sa cousine. Il se
pencha vers la petite chienne, et mit un
baiser sur son front satiné.

Mme de Fontanin revint dans la salle à
manger afin de remettre la table en ordre.
Daniel, qui la suivait distraitement, vint
s'adosser au chambranle de la porte, et,
silencieux, alluma une cigarette. Il pensait
à ce que lui avait dit Nicole : pourquoi lui
avait-on caché que sa cousine s'était sauvée
de chez elle, qu'elle était venue chercher
refuge chez eux ? Un refuge contre quoi ?

Mme de Fontanin allait et venait avec
cette aisance de mouvements qui lui conservait l'allure d'une jeune femme. Elle songeait à la conversation d'Antoine, à tout
ce qu'il lui avait appris sur lui, sur ses études
et ses projets d'avenir, sur son père. « Un
cœur loyal », se disait-elle ; « et quel beau
front.. » Elle chercha une épithète : « médi-
tatif », ajouta-t-elle avec un élan joyeux.
Elle se souvint alors de l'idée qui l'avait
traversée : une seconde, en esprit, n'avait-
elle pas péché, elle aussi ? Les paroles de
Gregory lui revinrent à la mémoire. Et tout

à coup, sans raison précise, elle sentit monter une telle allégresse, qu'elle posa l'assiette qu'elle tenait pour passer les doigts sur son visage, pour palper, lui semblait-il, cette joie sur ses traits. Elle vint à son fils, surpris, mit gaîment les mains sur ses épaules, le regarda jusqu'au fond des yeux, l'embrassa sans rien dire, et brusquement quitta la pièce.

Elle alla droit à son bureau, et, de sa grosse écriture d'enfant, un peu tremblée, elle écrivit :

« Mon cher James,

« J'ai été bien orgueilleuse devant vous. Qui de nous a le droit de juger ? Je remercie Dieu de m'avoir éclairée encore une fois. Dites à Jérôme que je renonce à demander le divorce. Dites-lui... »

Les mots dansaient à travers ses larmes.

XII

A quelques jours de là, Antoine fut éveillé,
au petit jour, par des coups frappés aux
volets. Le chiffonnier ne pouvait se faire
ouvrir la porte cochère ; il entendait le
timbre sonner dans la loge, et soupçonnait
un accident.

En effet : maman Fruhling était morte :
une dernière attaque l'avait terrassée au
pied de son lit.

Jacques arriva comme on reposait la
vieille sur son matelas. La bouche entr'ouverte découvrait des dents jaunes. Cela lui
rappelait quelque chose d'horrible : ah oui,
le cadavre du cheval gris, sur la route de
Toulon... Et, tout à coup, l'idée lui vint que
Lisbeth allait peut-être faire le voyage.

Deux jours s'écoulèrent. Elle ne venait pas,
elle ne viendrait pas. Tant mieux. Il ne pré-
cisait pas ses sentiments. Même après sa
visite avenue de l'Observatoire, il avait

continué à travailler un poème dans lequel
il célébrait la bien-aimée et se lamentait
sur son exil. Mais il ne souhaitait pas vraiment la revoir.

Pourtant il passait dix fois par jour
devant la loge, et chaque fois il jetait un
regard anxieux à l'intérieur, et chaque fois
il s'en retournait rassuré, mais insatisfait.

La veille de l'enterrement, comme il rentrait après avoir dîné seul au petit restaurant
où Antoine et lui prenaient leurs repas depuis
le départ de M. Thibault pour Maisons-Laffitte, — le premier objet qui frappa ses yeux,
fut, à la porte de la loge, une valise aban-
donnée. Un tremblement le saisit et son front
se couvrit de sueur. Dans la lumière que
faisaient les cierges autour de la bière, une
silhouette d'enfant était agenouillée sous des
voiles de deuil. Sans hésiter, il entra. Les
deux religieuses levèrent sur lui leurs regards
indifférents ; mais Lisbeth ne se retourna
pas. Le soir était orageux ; une odeur chaude
et sucrée emplissait la pièce ; des fleurs se
fanaient sur le cercueil. Jacques restait
debout, regrettant d'être entré ; cet appareil
funèbre lui causait un invincible malaise.

Il ne pensait plus à Lisbeth, il cherchait l'occasion de fuir. Une religieuse se leva pour moucher la mèche d'un cierge ; il en profita pour s'esquiver.

Lisbeth avait-elle deviné sa présence, reconnu son pas ? Elle le rejoignit avant même qu'il eût atteint la porte de l'appartement. Jacques s'était retourné, l'entendant venir. Ils restèrent quelques secondes l'un devant l'autre, dans le coin sombre de l'escalier. Elle pleurait sous ses voiles baissés, sans voir la main que Jacques lui tendait. Il aurait voulu pleurer aussi, par contenance ; mais il n'éprouvait rien, qu'un peu d'ennui et de timidité.

Une porte, en haut, claqua. Jacques craignit qu'on ne les surprît là, et tira ses clefs. Mais le trouble, l'obscurité, l'empêchaient de trouver la serrure.

— « Ce n'est peut-être pas la bonne clé ? » suggéra-t-elle. Il fut tout ébranlé par le son traînant de cette voix. Enfin le battant s'ouvrit ; elle hésitait ; le pas du locataire descendait les étages.

— « Antoine est de garde », souffla Jacques pour la décider. Il se sentit rougir. Elle franchit le seuil, sans paraître gênée.

Lorsqu'il eût refermé la porte et donné de la lumière, il vit qu'elle allait tout droit à leur chambre, et s'asseyait sur le canapé, avec les gestes de jadis. Il aperçut alors, à travers le crêpe, ses paupières gonflées et son visage, enlaidi peut-être, mais transfiguré par la tristesse. Il remarqua qu'elle avait un doigt enveloppé de linge. Il n'osait pas s'asseoir ; il ne pouvait écarter de son esprit les lugubres circonstances de ce retour.

— « Comme il fait lourd », dit-elle ; « il va faire de l'orage. »

Elle se déplaça un peu sur son siège, et son attitude semblait inviter Jacques à prendre la place qu'elle lui faisait près d'elle : sa place. Il s'assit ; et aussitôt, sans dire un mot, sans retirer son voile, l'écartant seulement du côté de Jacques, elle mit comme autrefois son visage tout contre le sien. Le contact de cette joue mouillée lui fut désagréable. Le voile de crêpe dégageait un relent de teinture, de vernis. Il ne savait que faire, que dire. Il voulut prendre sa main ; elle poussa un cri :

— « Vous êtes blessée ? »

— « Ach, c'est un... un panaris », soupira-t-elle.

Tout se mêlait dans ce soupir : son mal, son chagrin, le flot de sa tendresse sans issue. Elle déroulait distraitement le pansement ; et lorsque le doigt apparut, frippé, livide, l'ongle décollé par l'abcés, Jacques eut un arrêt de respiration, une seconde de vertige, comme si elle eût soudain dénudé quelque place de chair secrète. Pourtant la chaleur de ce corps si proche le pénétrait à travers les vêtements. Elle tourna vers lui ses yeux de faïence, qui semblaient toujours prier qu'on ne lui fît pas de peine. Alors il eut envie, malgré sa répugnance, de baiser la main malade, pour la guérir.

Mais elle s'était levée et roulait tristement la bande autour de son doigt.

— « Il faut que je retourne », dit-elle.

Elle avait l'air si las, qu'il proposa :

— « Laissez-moi vous faire une tasse de thé ? Voulez-vous ? »

Elle lui jeta un étrange regard, et, seulement après, sourit.

— « Je veux bien. Je vais faire une petite prière là-bas, et je reviens. »

Il se hâta de faire chauffer l'eau, de préparer le thé, de le porter dans sa chambre. Lisbeth n'était pas revenue. Il s'assit.

Maintenant, il désirait qu'elle revint. Il éprouvait un trouble, qu'il ne cherchait pas à expliquer. Pourquoi ne revenait-elle pas ? Il n'osait pas l'appeler, la disputer à maman Fruhling. Mais qu'attendait-elle pour revenir ? Le temps passait. Il allait à chaque instant tâter la théière. Quand le thé fut froid, il n'eut plus de prétexte pour se lever, et resta immobile. Les yeux lui faisaient mal à force de fixer la lampe. L'impatience lui donnait la fièvre. Il eut les nerfs cinglés par la lueur d'un éclair, à travers les fentes des volets. Reviendrait-elle jamais ? Il se sentait engourdi et malheureux, — malheureux à se laisser mourir.

Un roulement sourd. Boum ! voilà la théière qui éclate ! C'est bien fait ! Le thé retombe en pluie, fouette les persiennes. Lisbeth est trempée, l'eau coule sur ses joues, sur son crêpe, qui déteint, qui devient pâle, pâle, et transparent comme un tulle de mariée...

Jacques sursauta : elle venait de se rasseoir, d'appuyer de nouveau son visage au sien :

— « *Liebling*, tu dormais ? »

Jamais encore elle ne l'avait tutoyé. Elle

285

avait retiré son voile, et dans un demi-som-
meil, il retrouvait enfin, malgré les yeux
battus et la bouche défaite, le vrai visage
de sa Lisbeth. Elle eut un geste las des
épaules.

— « Maintenant », dit-elle, « oncle m'épou-
sera. »

Elle courba la tête. Pleurait-elle ? Son
accent avait été plaintif, mais résigné ; qui
sait même si elle n'éprouvait pas un peu de
curiosité envers ce nouvel avenir ?

Jacques ne poussait pas l'analyse si loin.
Il voulait qu'elle fût malheureuse, tant il
goûtait en ce moment de volupté à la plaindre.
Il l'entoura de ses bras, il la serra de plus
en plus fort, il semblait vouloir la fondre en
lui. Elle chercha sa bouche, qu'il lui abandonna avec avidité. Jamais il n'avait connu
pareil soulèvement de tout son être. Sans
doute elle avait d'avance dégrafé son corsage, car tout de suite, presque sans l'avoir
cherché, il eut dans le creux de sa main
la chaude pesanteur du sein nu.

Alors elle se tourna, pour que la main de
Jacques put aller et venir plus aisément
sur son corps, qu'il sentait libre sous la
robe.

— « Prions ensemble pour maman Fruhling », balbutia-t-elle.

Il n'eut aucune envie de sourire ; il n'était pas éloigné de croire qu'il priait, tant il y avait de ferveur dans ses caresses.

Tout à coup, elle se dégagea, avec une sorte de gémissement ; il crut avoir heurté son doigt malade, ou bien qu'elle fuyait. Mais elle n'avait fait qu'un pas pour éteindre la lumière, et revenait vers lui. Il entendit contre son oreille : « *Liebling !* » puis il sentit une bouche glissante chercher une seconde fois sa bouche, des doigts fébriles fouiller ses vêtements...

Un nouveau roulement de tonnerre l'éveilla ; la pluie crépitait sur les dalles de la cour. Lisbeth... Où était-elle ? Nuit noire. Jacques était seul sur le canapé en désordre. Il eut l'intention de se lever, d'aller à sa recherche ; il ébaucha même le geste de se dresser sur un coude ; mais il ne put lutter contre son sommeil, et retomba sur les coussins.

Il faisait grand jour lorsqu'enfin il ouvrit les yeux.

Il aperçut tout d'abord la théière sur la table ; puis sa veste, à terre, en tapon. Alors il se souvint ; il se leva. Et une irrésistible envie le prit aussitôt de quitter ce qui lui restait de vêtements, et de laver à grande eau ses membres moites. La fraîcheur du tub lui parut un baptême. Encore ruisselant, il se mit à aller et venir par la chambre, cambrant les reins, palpant ses jambes nerveuses, sa peau fraîche, avec un total oubli de ce que pouvait lui rappeler de honteux cette complaisante adoration de sa nudité. La glace lui offrit sa svelte image, et pour la première fois depuis bien longtemps, il contempla, sans trouble aucun, les particularités de son corps. Au souvenir de ses égarements, il eut même un haussement d'épaules, suivi d'un sourire indulgent. « Des bêtises de gosse », songea-t-il ; ce chapitre-là lui semblait définitivement clos, comme si des forces longtemps méconnues, longtemps déviées, eussent enfin trouvé leur véritable carrière. Sans réfléchir précisément à ce qui s'était passé cette nuit, sans même penser à Lisbeth, il se sentait le cœur joyeux, l'âme et la chair purifiées. Ce n'était pas qu'il eut le sentiment d'avoir découvert quelque chose, mais plutôt celui d'avoir recouvré un ancien état d'équilibre : comme un convalescent, que réjouit mais n'étonne en rien le retour de la santé.

Toujours nu, il se glissa dans le vestibule et entrebâilla la porte d'entrée. Il crut distinguer, dans l'ombre de la loge, Lisbeth agenouillée sous ses voiles, comme la veille au soir. Des hommes, sur des échelles, tendaient de noir la porte cochère. Il se rappela que l'enterrement avait lieu à neuf heures, et s'habilla en hâte, comme pour une fête. Ce matin-là, toute action lui était une joie.

Il achevait de remettre sa chambre en ordre, lorsque M. Thibault, revenu exprès de Maisons-Laffitte, vint le prendre.

Il suivit le convoi aux côtés de son père. A l'église, il défila parmi les autres, parmi tous ces gens qui ne savaient pas, et serra la main de Lisbeth, sans grande émotion, avec un certain sentiment de supériorité familière.

Toute la journée la loge fut vide. Jacques attendait d'un instant à l'autre le retour de

Lisbeth, sans formuler consciemment le désir qui couvait sous cette impatience.

A quatre heures, on sonna, il courut ouvrir : son professeur de latin ! Il avait oublié qu'il avait répétition ce jour-là.

Il suivait distraitement l'explication d'Horace, lorsqu'on sonna de nouveau. Cette fois, c'était elle. Elle aperçut, dès le seuil, la porte de la chambre, ouverte, et le dos du professeur courbé sur la table. Quelques secondes, l'un devant l'autre, ils s'interrogèrent des yeux. Jacques ne soupçonnait guère qu'elle venait lui faire ses adieux, qu'elle repartait par le train de six heures. Elle n'osa rien dire, mais elle eut un léger frisson ; ses paupières battirent, elle leva son doigt malade jusqu'à sa bouche, puis, de tout près, comme si déjà le train l'emportait pour toujours, elle lui jeta un baiser bref, et s'enfuit.

Le répétiteur reprit la phrase interrompue :

— « *Purpurarum usus* équivaut à *purpura quâ utuntur.* Sentez-vous la nuance ? »

Jacques souriait, comme s'il eût senti la nuance. Il songeait que Lisbeth allait lui revenir tout à l'heure ; il revoyait, dans l'ombre du vestibule, son visage sous le voile levé, et ce baiser qu'elle avait comme arraché de ses lèvres pour lui, avec son doigt enveloppé de linge.

— « Continuez », dit le professeur.

(A suivre)

1921.

TABLE

DE LA

DEUXIÈME PARTIE

LES THIBAULT